千轉

不紅的楓

楓紅之舞

陳玉姑 著

推薦序——苦苓的手寫信

玉姑小姐：

很抱歉臨時失約，這個劇烈腹痛ト痢的老毛病我從五歲起就有了，一直是深深的困擾，果然這次又誤事了。

希代的朱先生和我是好友，我在出版上常給他建議，也為他引薦了不少新人如張曼娟等，他把你的作品寄給我，要我提供一些意見給你，我本來是想不如面談較周詳，現在也只好在信中先提一下。

基本上我覺得作者不該在自己的作品中介入太多，也就是當你要傳達某種感情或理念時，應藉著客觀而準確的敘述讓讀者自己體會出來，而不是作者跳出來告訴讀者。你在許多頗動人或深刻的作品中，常會忍不住自己跑出來說話，夾敘夾議，不但使文氣不連貫，也違反了前述的原則，令人深感惋惜。反而某些寫親情的作品，由於真情流露，不須再加詮釋，卻更能打動人，如果大部分作品都能如此，就頗有可觀了。

另外，我以為一篇作品真正動人的應是內涵而非形式，當然美好的文字有時也令人感動，但畢竟只有文字之美還是不足的，辭勝於情的結果，會使得藻飾的文字底下只有空洞的內容，某些時候，我覺得你對文字太講究了些。當然優美的文筆是個優點，卻不能只有這個優點而已。

我們素昧生平，這樣露骨的批評或許你很難接受，但若不是基於同樣對文學的熱愛，我不會做這件吃力不討好的事；而若不是我覺得你在創作上仍然大有可為，當不會不憚其繁的來嘮叨，如有言不盡意的地方，希望以後能再見面詳談。

在明道文藝和其他刊物上，我一直很留心你的作品，希望這封信給你的不是氣餒而是激勵，能寫出更多更好的作品。

祝

好

苦苓〈76年10月28日〉

明道文藝

電話：(〇四)三三七二一〇一　社址：台中縣烏日鄉中山路九十九號

玉姑小姐：

很抱歉臨時失約，這兩天剛剛腰痛，下午的老毛病我從五歲起就有了，一直是這樣的困擾，果如一逢陰又發作了。

希代的朱先生和我是好友，我在出版上常給他建議，他也為他引薦了不少新人如張曼娟等，他把你的作品寄給我要我提供一些意見給你。我本來也想不如面談較詳細，現在也只好在信中先提一下。

基本上我覺得作者不該在自己的作品中介入太多，也就是說作者要使讀者和感情或詮釋時，應該要客觀而準確的傳達，讓讀者自己體會出來，而不是作者跳出來告訴讀者。你在許多頗動人或深刻的作品中，常會忍不住自己跳出來說話，大發議論，不但使文氣不連貫，也違反了前述的原則，令人深感惋惜。反而某些寫親情的作品，由於真情流露，不須再加詮釋，就更能打動人，如果大部分作品都能如此，就頗有可觀了。

明道文藝

社址：台中縣烏日鄉中山路九十九號　　電話：(〇四)三三七二一〇一

另外，我以為一篇作品真正動人的應是內涵而非形式，雖然一筆好的文字有時也會令人感動，但畢竟只有文字之美還是不足的。舒暢說情的結果，會使得華麗的文字底下只有空洞的內容，某些時候，我覺得你對文字太講究了些，雖然優美的文筆是個作者，卻不能只有這個優點而已。

我們書信去一年，這樣一路看的批評或許你很難接受，但若不是基於同樣的對文學的熱愛，我不會做這件吃力不討好的事，而若不是我覺得你在創作上仍然大有可為，當不會不揣其智的來嘮叨。如有言不盡意的地方，希望以後能再見面詳談。

在明道文藝和其他刊物上，我一直很留心你的作品，希望這封信給你的不是氣餒而是激勵，能寫出更多更好的作品。祝

好

苦萱
761028

推薦序——仰角望人生

陳器文

算起來，早自民國七十二、三年做子女、做姊妹、做學子，歲月漫漫眼下時代風潮流行時尚早已幾度夕陽，陳玉姑上仰望下撫卹上講臺下教室改考卷批作業之餘，仍然振筆不輟近十年，不能不相信她體內有個滋養她又啃食她，慰藉她又折磨她，翻搗她心胸壓擠她生命汁液的寫作之蟲，若從現代感或寫作技巧來說，玉姑的作品是太質樸簡單了，它不鋪陳前景背景，不曲折情節埋伏懸疑，唯與天地人子素面相見，直接訴之於感覺與生活，人、事、物、地呼之欲出，套句理學家邵雍的話，這是以身觀物、以情觀物的文章。玉姑單手揮就，卸下一切學說與理論的裝備，純是我思我想情之於衷必需噴薄而出者。

事實上，當今文壇上發表的作品往往有兩極化的現象，作品若非後設魔幻極其虛構遊戲之能事，就是家國鄉土批判一番，在若隱若現的後現代思潮中，充斥著疏離的、偷窺的、疑懼的、末世紀的、情色的「他與她」這些作品，不僅讀的時候要以後現代心態去應對，更要命的，是你欣賞它的手法技巧、玩味它的主題意旨時，一方面覺得作者聰智過人，一方面卻覺得文學飄浮得很遠很淡，人與文學早已疏離不親。然而玉姑在瑣碎生活與庸凡步調中，卻總有冰心一片、靈光一閃，愛物的誠懇眷顧之情，放在哪裡都是讓人珍惜感動的。

陳玉姑的《千轉不紅的楓》，是本畫本，是繪著或明亮或黯淡的色澤、勾勒著或寬粗或細弱脈理的一樹之語，這裡有歡度青春的楓樹、有幽幽沈思的梧桐樹、有赤子熱情的木棉樹、孤潔自賞的梅樹、又有護守家園的桑梓、聒噪的荊竹乃至於氣急敗壞的仙人掌。說到樹，最有名的典故就是伊甸園中纍掛著蘋果的沉淪之樹，還有掉下蘋果打到科學家的頭開始流傳著的萬有引力之樹，為此，大家都說世間一切東西往下墜落，它的方向恆向地心深暗之處，你、我、他，人性、欲望與現實，一切都裹著歲月的重量往下墜落。

然而事實並不必然如此，賺人熱淚的當紅連續劇〈藍色生死戀〉中，女主角說了句讓男主角夢迴情牽的話：「來生，要當一棵樹」，當然這只是戀人絮語，放大來說，「當一棵樹」是做山川大地做你我他她的戀人，永遠「守著陽光守著你」，我們有理由相信，人性、欲望與現實，是可以仰角守望著的。

〈本文作者為前中興大學中文系系主任〉〈2001年4月25日〉

推薦序——有所見・有所感

簡恩定

每個人的年輕歲月都是一片絢麗的彩雲，即使沒有風，也會自我變幻。正因如此，年輕的歲月才會不斷令人歌誦和留戀。在那片絢麗的彩雲歲月中，可以幾近奢侈的作夢、幻想、憧憬，而不必有太多的顧慮。也因為如此，從古至今，有關年輕歲月描述的作品，可以說是最受人喜愛的。陳玉姑小姐的這本著作，也正是這樣的一部作品。

陳玉姑小姐在七十六年就讀中興大學夜中文系的時候，曾經選修過我的《詩經》課，當時給我的印象是文靜中帶有些內斂，下筆流暢而蘊含豐沛的情感。不過隔年我就因故離開興大，接著和陳玉姑小姐就沒再聯繫。

事隔十年之後，陳玉姑小姐突然來電告知，她近日結集了過去年輕時候發表過的作品，即將交由《臺東文化中心》出版，要我寫一篇序文。在得知這項訊息之後，我的心中同時浮起兩種驚、喜的情懷，驚的是時間的飛逝，喜的是得知學生有了成果，所以我就很樂意的答應下來。

以我個人的體會，文學創作是件極具艱辛的事，尤其在當今瞬息多變的社會中。作者除了必須保持敏銳的觀察力以外，還要隨時吸取源源不斷出現的新知，錯非如此，所描述的作品內容很快就會讓讀者有一種「不知有漢，無論魏晉」的感覺。我在閱讀陳玉姑小姐作品的過程中，能夠感受到她嘗試想將身旁經歷過的事件，透過文字的描述和布局來抒發她個人的看法。這種從「有所見」到「有所感」的心路歷程，原本是每一位創作者必經之路。我們也可以說，一個創作者「有所見」的內容愈豐富，他的「有所感」就會愈精采，所形成的作品內涵就會愈具生命力。

曾經忝為陳玉姑小姐的老師，我衷心地希望陳玉姑小姐在這本書出版之後，能以更敏銳的觀察力去積累她的「有所見」，然後再將這些「有所見」以更成熟的方式來幻化成「有所感」而抒發於作品中。相信以陳玉姑小姐的努力和才分，很快就可以讓我們看到這樣的作品問世。

〈本文作者為前中興大學中文系講師〉〈1997年〉

自序——
莫道無情還有情

小說是寄情的伸延，也是對人情不公的控訴。

在虛實模擬的情境裡游移，正是小說迷人之處；人人是臺上詮釋悲喜的要角，同時也是臺下魂顛的戲癡；「說是真時真亦假」、「莫道無情還有情」，《千轉不紅的楓》以親情為經、愛情為緯，經緯天地交織錯綜人生，繁華過後徒留噓唏。

早日塗塗寫寫的是散文，竟是小說先出集子，卻是遲了十年的心願。十年前即承蒙《臺東文化中心》抬愛邀約出版散文，因有著未看盡洛城花的不甘，於是，延擱了下來，十年了，因緣聚流，催生出紙薄情綿的小說集。

出書，是一個莊嚴慎重的儀典，對一個文字創作者而言，既是對過去記憶的珍重告別，也是對未來新日的發錨標竿，尤其是第一本書，創作價值等同紀念意義。

本書收錄民國七十三年至八十年刊登於報章雜誌的篇章，那段時期是靈思最躍動、最易感，也最自由的時光。

長篇側寫人生難得圓滿的樣態；短調沈吟愛情不遇的落寞紛離。

而實際上，只要走過就不得有悔，只因人生無法重來。

願你我日日靜好、平安，倒是真實貼切。

〈1997年11月〉

重版再序——火紅的長生樹

語言飄忽易散，鑄現文字證存之必然。

「語言」化身「文字」，橫渡一座煙霧繚繞的彩虹橋，一聲聲響音幻化一顆顆方字，方字成了鍍金嵌銀染紅繪綠浸藍塗橙畫紫的跳動球，排組而成「瞻言見貌，即字知時」的寫生景態。

《千轉不紅的楓——楓紅之舞》於是這般繽紛生長而成多姿之樹。

這多姿之樹，收錄25篇小說彩飾，有長有短有迷你：輯1〔未了〕計有〈涼夜〉、〈來不及開的玫瑰〉、〈燃燒的季節〉、〈愛生國小的一天〉、〈昨日陽光〉、〈遙迢路〉；輯2〔驚豔〕攏收〈走在雨中〉、〈畢業〉、〈紫色的吻〉、〈風說冷〉、〈幫夫命〉、〈答案〉、〈其實你不懂我的心〉；輯3〔峰迴路轉〕採編〈千轉不紅的楓〉、〈心河〉；輯4〔迷你〕選加〈幸福〉、〈實話〉、〈牙〉、〈洗被〉、〈曬衣竿〉、〈烹飪課〉、〈求婚〉、

〈審稿〉、〈情圈〉、〈失誤〉。

每一篇猶如一棵棵或青或橙或赭的不老楓樹，酵發沁鼻的清香，染紅小宇宙的天空，而怔忡而迴旋而欲泣。

且因如此，己亥年的春夏將這份感動編織更修，呈現佳顏再現，只為《千轉不紅的楓——楓紅之舞》早已在你我心中長成一棵火紅的長生樹。

〈2019己亥年蒲月　風城・梅竹山莊〉

目次

未了

輯一

輯二 驚豔

輯三 峰迴路轉

迷你

輯四

輯一

未了

涼夜

……她怕一開口過度的推讓會變成一把利剪，
剪深了輕如棉絮的帶口……

月光篩滿琴聲初透的假山庭院，斷續的琴音更顯得夜的寂寥，散落著英雄末路的滄桑感。

「ㄎㄧ」的一聲拉門引出眼瞼下垂的她，不帶勁的推出單車，及肩的長髮在此刻似乎也顯得多餘。思忖連日淹沒琴聲的彈指間，仍未從老師口中換來一絲讚許的肯定，整個人像忘了添柴的爐，了無生意得近乎熄滅。

猛一抬頭，一大身影赫然聳立眼前，她一驚，反射性的啊了出來，那人熟悉的聲音穩住了她：「別怕，是我，這麼晚了，還沒回去，真叫人擔心。算命的說妳這個月要小心，尤其注意夜行，我來這兒接妳回去。」

她喘了口氣，歇了會，才不帶表情的說：「不用了！我自己騎車，方便得很。」

「還是上車吧！腳踏車留著下次騎！」他堅持，不帶商量的央求。

沒來得及抖掉「巴哈」的艱澀於萬籟，她如一座石膏像呆立原位，不依的拖延著，蒼白的月光睥睨的看著她，她亦不甘示弱的回瞪它一眼：「你先回去好了！我騎車很快就跟上。」

「聽話，這條路人少又暗，不安全，還是上車，我等妳等了一個半小時了⋯⋯」

夜風飄送來妥協的請求，她的目光放在他那因背光而顯得柔和的臉。這是自父親走後，她第一次強烈地感受到他們是同一枝根上冒出的兩個芽，這無來由的「突悟」，叫她剎那的視線變得模糊，但很快的，她溜了溜眼睛，試圖把鹹鹹的液體排擠到深不可見的眼底。

她，撤退了那道冷牆——把到嘴邊的「不」，壓低成和緩的「好」。

＊　＊　＊

已是深夜十二點了，她蜷曲擁被，一絲牽念驅逐了所有倦意，習慣性的左翻右覆，正逐漸模糊渾沌之際，卻被一串急促的叫喚驚醒，遽然坐起，定神一聽，那三個字正是她的名字。她一向容易緊張，尤其在這人皆沉睡的夜半響著她名字的聲音。

從與同學四人合租的三樓丟下一句倉皇的慌亂：「你是誰？」

「是我，快開門。」

是他，沒錯！只有他常帶來叫人措手不及的意外，摻雜著受干擾的不耐。

邊著夜的鞦韆，她跳下兩人同寢的大床拋下一句：「哦！來了！」

從鐵捲門的投信口，她再次確認，沒錯，是他。費力拉高的半鏽門，發出不情願的摩擦聲，落入眼簾的是張趕路的臉，她仰著臉問：「怎麼這時候來？」

他沒理會她，自顧竄進屋內，手上捧著小臺中古電視及一袋的書直登三樓餐桌。

「這臺性能不錯，色彩漂亮，替妳從家裡帶來，另外這袋《讀者文摘》，是我在舊書攤買來的，沒事或想家時，可用來打發時間，分散注意力。」

她跟在腳步聲後，以碎步抗議：「我不喜歡看電視，把它帶來幹什麼？繞半個臺灣跑這麼遠一趟路⋯⋯」

他答非所指，強迫性的說：「我教妳，這鈕是控制音量大小的，那個鈕是調整色彩的，至於清晰度就要轉這個了⋯⋯記起來沒有？還有畫面跳動不清時，只要左右旋轉這個鈕，慢慢就有漂亮的影像出現⋯⋯」

又是一份緘默，他的話迴盪在遙不可及的對立上，她怕一開口過度的推讓會變成一把利剪，剪深了輕如棉絮的帶口。未等她還話，他人已「ㄊㄧㄊㄚ」下階去了。

「你今晚上哪兒去？」她像兒時緊跟尾隨他追下樓。

「去臺中談生意。」他人高腳長，幾大步已跨至鐵門外的窄路上，大甲溪旁涼冷，九月的夜風叫人瑟縮的襲來，不覺交手抱緊雙臂。

「哥，好好的再開始，一家人的希望全繫在你身上。」話溜到喉頭，又因哆嗦給嚇了回去，何時冷峻又形式的兄妹關係，取代童年在沙灘追逐留下的足跡？面對這熟悉又陌生的個體，她茫然了。

「我坐這車來的…」他指著車叫醒了她。

「那你快上車呀！」真有點冷。

「妳先進屋去！」

「沒關係，我等你上車。」

「不！我要看你進屋才走。」

她不由己的退進半開的捲門，從兒時到成人，「老大」慣有的命令口吻，仍強烈堅硬得叫人無法有一次妥協的選擇；而夜空的星星因貪玩捉迷藏而少了些許，只留下一彎清冷的月，高高懸著，她拗不過他，重重的拉下半鏽的鐵門，「ㄎㄨㄞ」的一聲，不小心把孤寒的月的尾巴，給夾在門縫裡跟著進來而涼了她一身。

她知道，又將是個「一任階前，點滴到天明」的夜晚…

〈刊載於《文藝月刊》73年10月號〉

25　涼夜

來不及開的玫瑰

……所不同的是劇中的女主角走向我，
要我拉著她顫抖的手，要我給她力量……

我是師專四年級的學生，有著模特兒的標準身高，至於體重，還是不說的為妙，人家說女生的年紀是祕密，才不呢！真正的祕密是「地球對妳的吸引力」——體重，小時候還不流行節食，否則「阿肥」這肉感的暱稱也不會讓阿嬤叫到大。

其實呀！我有雙女孩們羨慕的細腿，美中不足的是上課鬆著肩弓著背看黑板時，腹部多了環泳圈，因此，惹得班上四十公斤不到的死飛毛腿，不知心生妒忌還是羨慕如發現新大陸般嚷著：「喲！妳們瞧瞧阿紫那兩隻鳥腳，撐得住上身那團贅肉才怪，走在她後頭呀隨時得擔著一顆『斷腳』的心啊！」要不，就是用兩條蘿蔔腿走路的粉圓嘆息道：「以妳腳換我腳，始知無所求。」這人整天詩呀詞的，就是沒一句我聽得順耳的。

班上倒是臥虎藏龍，各式人等皆有，先以體型分類就有XL、L、M、S諸型；美色呢？不乏一見銷魂，更有甚者再見穿眼、三見中暑的⋯至於才能呢？不乏梵谷第二，錯把檸檬當地雷，誤把榕樹當棒棒糖的；而莫札特、蕭邦之流的亦不缺一、二位，只是以大拇功走遍八十七個黑白鍵盤的人也大有人在；游泳池裡，以「腳踏實地」代蹼的亦司空見慣。這是個集各路草莽好漢於一室的班級，蓋你的是胖子。

哦！對了！這些草莽們不少是來自純樸的村野，所以不免有個既親切又貴重的鄉土名字，譬如說「珠」呀！「娥」囉！「花」啊！「玉」嘛！「美」的，當初新生訓練完畢，每個老師一到點名時間就大呼頭痛，說什麼「珍」來「真」去「貞」什麼呀！這可樂得我們，最好老師都記不起名字，免得上課塞點牙縫提神時被當眾直呼其名，那才窘呢！

在這堆鄉土特色的名字中，「丁愷立」這個名字倒是挺醒眼的，好玩的是，新生報到時教官竟把她編到男生宿舍去，你說絕不絕？而鄉土名字的好處，此刻就充分顯出它的用處來了——辨別性別的奇大功用。

這個丁愷立哪！說她活潑嘛——我一天講的話夠她分期付款用上一年的，好不容易等她開口了，聲音又和夜裏蚊子在你耳邊亂撞的嗡嗡聲差不多，性子好的要聽懂她的話，一隻耳朵非得拉到她嘴邊不可；至於性急的怕話還沒聽完，就到蘇州賣鴨蛋去也。說她靜嘛——不小心惹了她的「笑腺」，這下眾姑娘的耳膜得有罪可受，從輕微的「呵呵呵」到桌翻椅倒的不可遏止，常使我們自責甚深，互相警告：「下次竭力抑制她老毛病再犯，各位多幫忙。」

而「笑聲美容院院長」的美名不脛而走，雖然如此，大家都有著很高的韌度忍受她，本來嘛，瓜子臉、大眼睛、嬌滴滴的白淨女孩誰不喜歡？

丁家有女初長成，這位「院長」在家可是寶貝一個，父母的掌上明珠，只此一位，別無分號，簡直集三千寵愛於一身呢！舉個例說吧！新生剛進來的班際土風舞賽，為了勇奪三軍之冠，我們這群「男生」、女生在中正堂前空地使出渾身解術跳得兩腳打結，在忙著「沙地西」跳時，就會聽到廣播：「一年丁班丁愷立傳達室外找⋯」

不消三分鐘，小立即喘不隆咚的趕回營陣，手上多了袋鮮紅欲滴的蘋果，真是看得我們垂涎欲滴，哪來的心「沙地西跳」？看哪，都跳到蘋果袋裡去。除了水果更有一包包的牛肉干、豆腐干，都是我們女孩子視為珍品的零嘴。照理說，在這樣無微不至的照護之下，小立不該還是弱不禁風的單薄相，像風一吹就貼到電線桿似的，也真浪費國家公糧，哪像我一粥一飯思之來處不易，所以呀！絲毫不敢浪費的吃得挺胸凸肚，讓地球愛死我啦！

學校為便於生活管理，規定統一住宿，即使家住本市，也只能週末回家歸省一宿，丁媽媽因此常來學校看望小立，時間一久，我們和丁媽媽也有禮貌上的招呼認識。每次她到學校來，除了拎來一袋袋零嘴外，便和小立在「男賓止步」的標語下窸窸窣窣的咬耳朵，聲音小得永遠把第三者隔絕在外。

長長的寒暑假沒事時，我最愛往同學家跑，殺時間嘛。

一次到小立家，我這「每事問」的毛病又犯了：「小立，怎麼不見妳爸爸呢？他上哪兒去？」

丁媽媽這時已好客的到廚房切水果，她慇懃的招待是我愛到她家作客的主因，那盤盤零嘴啊，你不知有多誘人哪！

環視屋內，除了隨小立長大而日益舊壞的傢俱外，靠大門的那間榻榻米還擺部發黃的鋼琴，不大的房子，丁爸爸能躲哪兒去？何況女中也放暑假了。話才問完，抬頭看到正在幫我倒汽水的小立肌肉一縮、顴骨一凸，頗不自在的眼神，但很快的，她又恢復原有的鬆閒安適，並露著兩隻淺淺的梨窩笑道：「我爸從女中退休了，現在在ㄐㄧ場工作。」

「ㄐㄧ場？」大嗓門重複道，「飛機的機？還是公雞的雞？」

「嘿嘿嘿！哈哈哈哈！母雞的雞啦！」院長又習慣的由噗哧一笑到不可遏止的哇哈大笑，反正也習慣她的笑法，就任她笑到底，等她笑夠了，自然就會shut up。

吃飽喝足正待離去之時，遠遠的突然傳來若有似無「嗯」的呻吟，我略為一驚，膽子向來小。

「小立——那是什麼聲音？」

小立剛才繃緊的倉皇再次閃逝，接著，她不順暢地說：「喔！沒什麼，一個住我家的親戚。」

隨著呻吟的加大，我尾隨小立走出廚房的後門，越過後院來到一搭伸的鐵皮空間，小空間只足夠擺張床和桌，一推開紗門，藥味摻和著久病的雜味充鼻而來，木床上躺著一個兩眼無神、目光遲滯、口水延著嘴角淌流的半百男人，從他臉上清晰的輪廓可看出，昔日的他必也是英武挺拔的俊少，而當他在翩翩年少時，可曾想過中年後會得病而纏臥床第？

「小立，他怎麼了？」我這「每事問」好奇心大，膽子卻最小。

「他中風，病了快十年了，半身不遂——」

那次去過小立家，很快的也開學了，成天繞著社團、郊遊轉，和小立聊天的次數屈指可數，平日頂多也只是迎面而來的一笑。在教室，我這高頭大馬喜歡坐前頭，同學笑我說這樣接老師的口水才方便，我才不睬那群女人怎麼說。其實，自己心裡明白坐在前座最大好處是容易「打岔」，愛說話毛病未改，上課既不能和同學交頭接耳，只好將說話對象轉到老師身上。老師們「不明察」，還嘉勉我「學於不疑處有疑，方是進矣」一番，真是笑死我啦！纖弱的小立才不像我這麼「惡劣」，她總是安安靜靜的像被世人遺忘般的坐到角角。

三年級課程告一段落時，大夥忙著整理行李，在儲藏室總結善後的重任落在我和小立身上。眼前這長睫毛的唐瓷娃娃，難以相信的卻生就一付丟三落四的不經心，凡事溫吞到火燒屁股了還不急，你火冒三丈，她嬌滴滴地賠不是，這下你什麼都計較不起來了。望著她，倒生初識之惑，同窗三年，她習慣扮演受人呵護的小妹。

三年級的暑假可真是浪漫幻想加三級，想到可以留著一頭媲美胡茵夢飄飄欲仙的長髮，再來段「長髮為君剪」的刺激畸戀，哇塞！那該是多charming的事，就如現在黃金檔的連續劇〈天長地久〉一樣…正在為偉大的殉情編劇時，門鈴卻煞風景的「叮咚、叮咚」的急響著，討厭！咱家家規第十三條是：聽到鈴聲的剎那，看你屁股落於何處，愈近大門的是迎接客人的排行榜首。

「哪個無聊鬼選這個黃金時間上人家家的？」鏡頭上的男女主角好像快要打啵了ㄟ…我就是不高興，我的肉屁屁只比老姊的大屁屁近大門兩公分，她就和我如此斤斤計較！

「誰呀！晚上出來找人不怕撞上鬼呀？」老爸常說我是家中最有氣質的，每次聽到這句過其實的誇言，我總要汗顏好久！

不見應門聲，我憤慨的推門而出一雙大腳丫，跨到大門外正想來個潑婦罵街，卻見一個身著彩衣如蝴蝶般的女孩推著單車停在離門口幾步遠的地方，來不及走向她，她即撲了過來，偎在我肩上嚶嚶的哭泣起來，讓我張大的嘴停在半空中措手不及。

她的聲音再化成灰我都認得，是「笑聲美容院院長」的。

等我驚魂甫定，看著她那頭窩窩頭，糗她的興致全沒了。

「小立，怎麼了？發生什麼事？」

「嗚…嗚…」

「小立！妳怎麼啦？說話呀！」又是不停的嗚嗚嗚，慌死人了，平日聯想力豐富沒地方發揮老往壞處想：「是不是遇到壞人了?!」我現在唯一所能做的只是猜測。

「嗚…嗚…嗚…」

又是哭，這時我不得不承認女人是禍水，還好，這次她加個搖頭的動作，我才放下心，只要不是遇到壞人，其他的事都好解決。

等她發洩得差不多了，才一抽一搐的慢慢從我肩上抬起頭，張著兩隻水汪汪的兔寶寶紅眼看我，面對眼前這淚眼婆娑的小鳥，真想如老鷹般護著她。

「阿紫！我…我…我不是…我…不是我媽…生的…」她好不容易把話吐出

來，這幾個字，字字像累重的石頭丟在平靜的湖面。

「阿紫，是…是真…真的啦！這件事是…是真的。」

「妳怎麼知道的？」我還是無法接受，丁媽媽那麼慈眉善目，溫文和藹的言談浮上了我腦海，一點也不像「後母」嘛！報紙上不是常寫後母如何又如何嗎!?

「是學校廚房收餐盤、擦桌子的歐巴桑說的。」她停了啜泣，稍稍恢復平靜。

「那個叫阿英的歐巴桑?她知道?」這下可更奇了，這祕密竟由毫不相干的人口中傳出?

「那天我飯吃慢了，那歐巴桑來擦桌子，直盯著我瞧，然後開口說——妳和妳妹妹越大越像，莫怪人講，親生走卡遠血緣嘛斷不了——我被說傻了，急著告訴她，我沒有妹妹，我媽只生我一個。結果呢？她聽了大笑幾聲後，嘩啦啦的說了一大串話，她說——妳真傻，被騙了，這個媽媽不是生妳的媽媽，她是你養母，生妳的媽媽那時候因為家境困苦，孩子多負擔不起，而妳養母連一隻蟑螂也生不出來，所以經人介紹，把妳抱回去…」

小立再次哭得像淚人兒似的。

「阿紫，妳知道嗎？那時刻的我猶如火山崩發，震得滿眼金星，我不相信但又不敢不信，她說的又似乎是真的，為了拉回僅有的一線希望，我反問——妳怎麼知道？妳不要亂說話——我幾乎是喘著氣問她的，我想，當時我的臉一定蒼白得難看，只見她閒閒的答道——你家不是住女中對面嗎？我就住妳家附近太子廟的巷子裡，妳若不信，回去問妳媽好了，跟她印證印證，妳說我叫阿英，她就知道了——」

接下來的情節毋須小立銜接我也知道了，回家問的結果是得到肯定的答覆，然後，傷心欲絕踩著鐵馬來找我這在班上向來扮演「公僕」的人。而此刻我唯一的感覺是，我在看一齣為了吸引觀眾而製造高潮衝突的戲。所不同的是劇中的女主角走向我，要我拉著她顫抖的手，要我給她力量，是哪個導演加的戲，使我從觀眾席走進具有生命力的演員？小立的眉和她剛燙的頭髮一樣的扭曲怒張。

「那妳現在打算怎麼辦？」總該要有解決的法子，而其實，我腦中也一片空白，平日的鬼點子全不知跑哪兒去了！

「我想回生母家看看，妳帶我去，但千萬不能讓任何人知道，包括我媽。」一反往常的小鳥依人，她頗有主見的說著。

「妳知道生母家住哪兒嗎？」我是義不容辭的。

「那個阿英說就住在我們學校的那個十字路口旁，一家賣麻油的，她說我妹妹跟我長得好像，我想看看到底有多像？」她悄露笑意的怯怯說著。

老天！上帝真會捉弄人，那條路我們走過不下千回百回，誰會料到那兒會有小立血肉相連的爹娘家。而一提到「阿英」兩字我就怒從心升，氣憤她的多嘴長舌，吃飽撐著，好端端的無由掀起兩家的風浪，二十年都過去了，這又是何苦？

莫非是天意？讓小立在二十年後和她親生爹娘見面？想到這兒，倒不如方才的氣了，也許在紅塵人世的掌合中，萬事千緒冥冥中自有安排，那是人力無所抗拒的，人力是多麼卑微？

近午時，我真的陪小立去她生母家了，滿滿的麻油香飄散著，真到了門口，她卻畏縮了，沒勇氣闖店，喚人的工作自得落在我頭上：「請問有人在嗎？請問有人在嗎？請問有人在嗎？」

迎著話，從桶桶麻油裡間出來個矮小乾癟的婦人，從她歷經歲月的滄桑眼容，依稀可尋出酷似小立的幾分神態來，我知道她就是我們要找的人。我簡單說明來意後即識趣的退到一旁去，把一雙近視眼睜得大大的，現場旁觀這對母女二十年來第一次相會圖。

想想自己，從小到現在大小事全賴著媽媽，如果今天有人告訴我，她不是我親娘，那我的反應又會如何？…我！不敢想。

當然，這種場面，淚，是少不了的見面禮。

也許，我們聲音太吵了，引出一個少女走了出來，沒挺直的背微駝，輪廓酷似小立，尤其皺眉，淺笑的嬌態更如同一模子印出來的。

「小立，妳看，就是她。」我失態的叫了出來，小立順著我的視線望過去，掛著淚的臉竟笑了出來。笑完，拉我到一旁習慣性無主見的問：「我跟她長得像嗎？」

「像，像死了，妳像死她了，雙胞胎也只不過如此。」

「真的嗎？哪裡像？」皺的眉結綻開了。

「有眼睛，而且是兩個；鼻子嘛有一個；嘴巴好巧喔，剛好也一個。」

「討厭死了！妳！」肩上無由的挨了一掌，有時真受不了這大娃娃，從小被嬌寵慣了，常賴著人不放。

哭夠笑過，她生母叫了兩碗豐盛的什錦麵，裡頭放有烏賊、蚵仔、蛋、肉片，和我最喜歡的豬肝。我一口氣吃個精光，笨小立卻沒吃幾口，看得我真心疼。

那晚，夜顯得特別黑，星星少得可憐，大概都叫雲翳給遮了，忘了那晚兩人如何道別的，也不記得她頰上的殘淚是怎麼乾的？而那晚寫在她那黑白分明的瞳孔裡的憂戚，倒像版畫刻進腦海。

過沒幾天，丁媽媽竟出現在我家客廳，我暗叫不好，準是為我帶小立去找她生母一事來的。媽和她在客廳，我只好硬著頭皮陪侍在側。

丁媽媽開口道：「梁太太，真羨慕妳，還是妳家阿紫懂事，善體人意，又會幫忙做家事，哪像我們家小立⋯⋯」

媽立即接下她未道完的話：「⋯⋯哪兒的話，是妳捨不得嫌棄，我們家阿紫乖巧懂事倒是真的，想當年我生她弟弟時，她才五歲，就會背妹妹了⋯⋯」

「好了啦！媽⋯⋯不要說了⋯⋯」把自己兒女的優點好處用放大鏡看，幾乎是每個做父母經常犯的毛病，而這些話我從小聽到大怕不下百次⋯⋯

「唉！我家小立自從知道她的身世以後，天天跟我鬧脾氣，不是哭就是不跟我說話，要不就騎著車到處跑，看得我心比刀割還難過。天地良心，從她落地沒幾天抱回家到現在二十年了，我哪一天不是用血在養她，累在餵她。念小學了，怕鄰居說話不小心影響到她幼嫩的心靈，所以把她帶到中部去唸書，國中還供她念有名的曉明女中，好不容易考上現在這所學校，一輩子不怕沒飯吃，我才想可以放下心了，誰知道大風大浪才剛開始，我本來想等她大點結婚了再跟她說清楚，哪知她竟先知了，真是人算不如天算，我整個希望都放在她身上，即使沒有功勞也該有苦勞…嗚嗚嗚…」

丁媽媽一串話下來似乎把心中抑鬱都掏出了，情緒也跟著放卸下來。阿英那張嚼檳榔的醜陋臉孔又浮了上來，世界之所以熱鬧，這些人的存在實有「首屈一指」的「功勞」。

歇了會兒，丁媽媽接道：「阿紫啊！想麻煩妳一件事，小立最近鬧情緒，很不穩，麻煩妳多關照她些，主動找她聊天，妳比較懂事，她也許會聽妳的。」

對於這「殊任」，我當然視之為當然，而同時萌生小立的保護人自居。

一陣疑慮掉入腦中，「丁媽媽妳家那個病人是誰呀？」話還沒問完她眼眶又紅了。

「…他是小立的爸爸，早年隨政府撤退來臺，中風躺在床上都快十年了，我也不知道這十年是怎麼熬過來的，我只知道她爸爸在還沒病倒時把小立當成寶，天天在他脖子上騎馬，逗得她兩個臉頰紅咚咚的，像水仙女般的叫人喜歡，而現在…」

我一切都明白了，原來班上同學的傳聞並沒錯。只是我真是有些傷心，小立為了保持一張淺薄的尊嚴而編的不是惡意的說詞，那和她善良的溫存並不一致呀！而一幅和樂的天倫畫面，卻因男主人的一病而從此不再，怨天？尤人？

升上五年級的小立，益形變得寡言、獨來獨往，永遠沒人知曉她下個步驟是什麼？雖然五年級和她同寢室，但這可不是件美好的事，至少每想到丁媽媽那張淒苦的臉，我就覺得我對小立有一份比旁的同學多點的責任。但她老在熄燈前幾分鐘才趕回寢室，劈哩啪啦的衝到浴室沖洗，等她回寢室，每個人老早擺平在床上了。而導師也常和她聊天，做盡輔導工作，為了就是對她有所助益。無巧不成書的是，才從研究所畢業充滿活力的導師也有段「離奇」的養女身分故事，能說的都說了，就是不知小立聽進多少，也許大家刻意的關心反而讓她覺得成為同學注意的焦點而不自在。「笑聲美容院院長」的笑聲不似昔往的開懷了，且甚少聽到了。

那一晚，女生宿舍大門已關鎖，快熄燈了還不見小立回來，奇怪！不是週末不能歸省呀！能回去我還待在學校幹嘛？而小立床上的豆腐被仍整齊的疊放著，正忙於做抬腿操時，思考速度永遠比別人慢半拍的板條突然大叫：「咦！小立會不會出事了？」

「啊！妳說什麼？」幾乎是六個人同時叫出來的，也叫來了緊張，室長率頭換下睡衣，直奔教官值夜室，李教官也耳聞小立事一二，所以他不敢遲疑的到男生宿舍調了兩名身材槐梧的壯丁，護著我們循著小立可能去的地方尋去。

雖然才夜晚十一點過一些，市上的街道竟寂靜得可怕，商店早已關門，行人寥寥，可能去的地方諸如圓環、三角公園、女中附近都找遍了，連個鬼影都沒，鯉魚山上黑漆一片，更看不出個所以然來，都快午夜兩點了，睏乏極了，我們只好打道回府，跟教官交白卷。

次日，仍不見小立身影，學校只得通知家屬學生未告假外出逾時未歸一事，小立的媽媽瘋也似的到處尋人，連瞥力都用上了，找找找等等等，一天兩天三天過去依然沒等到期待的答案。

小立真的消失在我們周身了，沒人知曉她的去處行腳，身上的錢夠不夠用？安全嗎？

我再也不敢去探望丁媽媽，我害怕看到她那如水龍頭般嘩嘩流不止的淚⋯一早還在酣夢中，被大嗓門搖醒：「阿紫、阿紫，快起來，快起來」「別睡了，小立可能出事了⋯」她把尾音拉得長長的，聽到「小立」和「出事」這四字，我幾乎是跳的坐起來。「妳說什麼？」分貝高得可以殺死一隻老鼠。

原來是，班長為了翻找蛛絲馬跡，在教室小立的抽屜，發現一小玻璃瓶，打開瓶蓋玫瑰香四溢，裡頭摺著一張透明塑膠袋包覆的紙條，字跡潦草的寫著：「為什麼在我最快樂的時光，才嚐到「虛幻」與「破滅」？」

就這樣嗎？我們再也見不著小立了？不忍想…酸澀先來。

〈刊載於74年輿大夜刊〉

43　來不及開的玫瑰

燃燒的季節

……傾慕是萬隻手撼動靈魂，萬隻眼吞噬容顏。

然而那人，除卻了看蓮，什麼也不做，包括採蓮……

「妳沒猜錯，那天和他挨肩走在一塊兒的女孩是他新近認識的，因為不知如何向妳啟口坦言，就把和妳的事給拖著，他想，不再和妳聯絡，自然妳會淡忘他…」

不容分說的，嘩啦啦一串話直瀉而下，就因，好友芝亞也是鼓足勇氣道出，刻意避開伊——疑慮、吃驚、氣憤、失落、哀傷的眼神。

「原來如此——印證了我的直覺」伊喃喃地說給芝亞聽，也說給自己聽。

對話至此，芝亞以下勸慰的話，伊自是不甚清楚了…幾個字重重疊疊重重的打落心井，一路沉到井底。也許等盼多於印證，想像多於瞭解，這果決的答案猶如燒燙的鍋爐，放在冷涼的自來水下，凍裂般滋滋的叫了出來。此刻，伊的心和那劇熱驟降的鍋爐並無二異。

冒汗的九月天，還有寒慄這回事。

「哼！哼！」伊苦笑了兩聲，那種笑像隔了夜的茶，只剩了顏色，再沒有味道。伊讓手肘支在光滑的桌上，十指插進短髮的瀏海裡，此刻的狼狽是薄薄的一張尊顏被棄在地上踩。

「他是在拒絕感情還是在拒絕我？」伊頹喪的擺擺頭，不解。夜的傾訴，被風吹散；沙灘的足跡，被浪撫平，什麼都沒留下，除了嚙人的回憶篇頁。瞭解多了，距離仍像星星般遙遠，伊受嘲般乏力的乾笑著；如果，戀是兩人直覺共知的事，那這含苞已久，苦候美麗季節才甘心綻放的玫瑰情懷，竟有如爆竹紅的一段冬戀，來不及開的花，謝了，花香是有的，不過是褪了顏色。

伊，可是從來沒有如此慘敗過，求人似的，和伊那一向「風光」的神氣一比，真給比到十萬八千里遠去，風光時的伊，像女王，女王將自身妝點風雅，足以傲視群倫的嬌貴，冷然的謝絕所有圓裙下的邀舞：邀她共饗早餐而羞於啟齒，讓話在嘴裏磨牙的男孩；在車上邂逅，不曾留下名姓，卻依著徵象在寂寞方城尋出她來的記者；冒著逾時不歸懲戒探視的預官同窗；還有那一位西裝革履，說一口流利外語的工程師……而伊，不僅不給對方機會，連自己也不給。伊告訴自己：伊在等候一個傾心的相遇，寧是江南採蓮女子皓腕下錯過的一朵蓮，寂寞的等候著秋冬的寒襲，伊，癡心的等盼著採蓮人的到來，然後以整個生命，來凝聚這份萬物不可或缺的聖潔之白，為對方而豪華的傾命一番，來感動採蓮人，與之長生共死，綻開整個生命的芬芳於瀲灩的水光。否則，那朵蓮，寧可孤絕的兀自開著並寂寞的凋落。

盼呀等著，叫人留心的人緩緩走來，一張擦肩而過的臉，往昔未曾有意端視的，卻帶著萬馬奔騰不可抵拒之勢而來。參悟到：傾慕是萬隻手撼動靈魂；

萬隻眼吞噬容顏。然而那人，除卻了看蓮，什麼也不做，包括採蓮。看蓮人看壞了枝梗挺秀的蓮苞，伊不再把潔白的臉朝聖般的仰望天空，而是殷殷的企盼，回眸探看來自背向的他，雖顯扭曲費力，然而伊是愉悅且歡欣的，只為博得看蓮人一句無心的讚嘆，並等待他來採擷。在他面前，伊像極了含羞草，一觸即合，輕觸不得，伊的露齒、蹙眉幾乎無一不經揣摩才放心展露，伊耐心地呈現自己，苦心地守候著那人來，而等待的日子除了緩慢外，還有一天長似一天的落空。

而與其說是停眼於他高䠷的峻秀，無寧說是迷戀他神祕複雜的漠然。

伊變了，話少，愣想的時候多，一雙緊蹙的眉頭，鎖住了快樂，乏了、累了，伊亦想：「折騰自己若此，何苦來哉？那醉酒雖是芳香，卻也辛辣，淺嚐即止，就罷，醒醒自己。」而這種豁朗多半為時不長，那長腳似的牽念又像發酵般的脹滿心中，讓點點滴滴來養活自己，伊想，伊是完了。友伴憐惜伊，要伊揭開撲朔若影的迷霧，初時，伊執意不肯，害怕否定的婉拒甚於心事洩與他知。然而，時日一久，伊的堅持如春泥般鬆軟了，只因，那酒太釅了，獨飲不得，伊終於招架不住的喊停，當個撥霧者。

而一番話凍結了伊敏感忐忑的焦灼，伊是輸了，徹底的輸了，不清楚是輸給自己，抑或輸給他人，過早預支的情緒，竟是無法兌現的空頭支票，那否定的決絕，淋寒了伊一身。伊看見穿衣鏡裏的人顫慄著，憶起幾回「飲我以汝瞳兮，報汝以我眸」剎那的四目接觸，伊心，疼得更厲害，暈黃燈下專注的凝聽與細訴又算什麼？伊曾溫柔的手持細細長針，預將他寂寞的傷口一針一線縫補起來，而此刻，伊是否該慶幸，那句在喉頭上下不得的誓言，終究還是選擇心井作為它最後的歸宿？——「為你燒飯洗衣」。

原來，伊在為「我本將心託明月，誰知明月照溝渠」作詮釋，錯把清泉當蜂蜜，浪漫的情誼原不能夠長久。伊，笑得更厲害了，把淚都笑出來了，伊告訴自己，伊雖輸卻了自己，但亦贏得了等值輸的經驗：距離，本身就是保護；除非勝券在握，否則寧可讓感覺陷入萬劫不復的泥淖裏，由時間來作淡化的功課。猶如玻璃缸中的游魚，終於在認識潮汐的起落變化之後，開始懂得欣賞海洋波瀾的壯麗。然而，伊的「欣賞」卻是帶著血傷換來的。

伊，幽幽的垂下眼瞼，看透人心般，哀傷的憑弔一去不回的戀情——會迸射如火花的傾慕。伊，開始為他編造起種種理由：

——「一個人的孤獨，自有其神聖性，未獲允許，誰也不該闖入」

——「在沒有承諾的情況下，任何期待都是個人行為」

——「當一個女人戀著一個男人的時候，男人會一點也不知道」

甚至，

——「好端端的男人，一旦結了婚什麼都完了」

十個百個理由，是為他辯護？抑或說給自己聽？在最後一個理由未念讀前，伊就如同棄婦般嚶嚶地滑下兩行清淚，這算哪門子開始！伊哪肯甘心就此平靜結束，伊在乎的不是結果，伊要的是熾熱、發光、狂放、盡情的過程呀！而那人竟鄙吝至此，只愛自己。而有時，伊又活起來，像極了灑脫自如的流水：「緣，是雙方面，絕不是單方面的，留不住蟬聲，硬留，連蟬殼都不見！」

自此，伊開始檢視昔往親手剪碎的情衣，是否破碎難堪？是否無可追補？是否有著和伊一樣需要時間當碘酒來療癒的傷口？原來，伊，今日的「得」就是昔往的「予」，伊，自己曾是個無情殺手而不自知，那不帶商討的拒絕有如一次痛擊的全面否定。從折傷的羽翼，伊，似乎看到別人眼中的痛楚；想著，想著，伊，眼睛竟潮濕了起來，至此，伊已身心交瘁，像一株枯萎無處可攀蘿在風中飄零的花葉。

施而未受，只有蝕骨蝕心的付予，極易掏空衰竭；

受而無與，情思四溢，載浮載沉，於對方又滿心歉然。片面的，皆不美；至美的是兩情相悅，即使未能廝守終生。伊，咬咬下唇，抬眼望向天涯極處的天空，兩朵結伴而遊的瀏雲，交會後又各自游去，「兩條線，能夠同行而後相合，是幸；若相交之後又分離，也是命。有相交的一刻也就夠了。」伊，突然釋懷了。

「不要將自己曾有的歉然猶豫加諸他人身上，有一天，終會了然於他的抉擇，在他婚禮上。」伊，似乎感受到自己廉價的悲哀，眼瞼又下垂了。

「喔！媽咪，妳快來看，這個架上的樹為什麼沒有花開？葉子小小的，又全部變成黃黃的，好像弟弟愛哭的臉，風吹起來的時候又像魔鬼長長的舌頭，不好看！」

一長串嬌嫩清純的童稚聲喚醒睇思中的伊，抬頭望窗而去，原來是悠閒的母親披著黃昏，帶著小孩到中庭玩耍，想像力豐富的娃兒對植物色澤的變化特別敏銳，指著噴水池一端銜接辦公室通道上的棚架枯葉問道，明亮的眼睛在白胖的臉上溜轉著，著實叫人有擰他一把親他一臉的衝動，童稚聲一時吸引了伊的注意，把伊拉回清楚的現實裡。

「貝貝，媽咪告訴你，現在是秋天，葉子覺得涼了，所以要換上黃色的衣裳，等到貝貝也要穿斗蓬帽子來暖身時，這樹阿姨就會開著像橘子一樣紅的花，像小燈籠一串串的垂著開，一簇一團滿滿的，好漂亮喔！」

溫柔的母親耐心的回答著，那叫貝貝的小男孩眨著大眼專心的聽著，似懂非懂的再問：「媽咪！貝貝有名字，那樹阿姨有沒有名字呢？它的花是不是一直開到我長大呢？」

「可愛的貝貝問得真好，只要是這世界上的東西，不管有沒有生命，都有名字，這樹阿姨叫爆竹紅，樣子長得像過年玩的爆竹，它的花只在冬天的尾巴才開，春天還沒有過完，紅辣辣的一片就凋萎了，它是選擇很少有花的季節才開的……」

伊靜靜聽著，不自覺的，人已挪步窗口倚框凝立，而那幅情深舐犢的圖畫已通過甬道，移到邊陲的滑梯上了，人走了，卻留下浪漫一傾爆竹紅的故事……

「…那種花在很少有花的季節才開，一開就像燃放爆竹般，團團簇簇火辣辣的開得滿滿的，像火舌似的燃燒著…」

〈刊載於《大眾報》75年1月7日〉

愛生國小的一天

……「愛生」的三年像張細密的網，
網得她連回顧的勇氣都沒，
深恐一掙扎又是交纏不清的糾結……

「嗯…嗯…咳…咳…」史仁奮校長握著麥克風清喉嚨，少有的神采飛染在他那威嚴慣了的長橐臉上，像麵粉拂沾鼻端，風一吹又是另一番面目。

「…今天雖然是第三次月考的日子，但很抱歉，還是要打擾各位老師一丁點時間…」

「老天，史老大只要用上這『一丁點』三個字，我們就別想『意識』清楚的走出辦公室，本來，我還打算利用〈生活與倫理〉的時間來複習『圓柱體的表面積算法』，這下可完了，我們班的數學每次都靠我的『考前大猜題』拿分數，這下完定了！」教畢業班的青茉老師低下頭來附在帶二年級的葛音老師耳後嘟囔牢騷一串，葛音抬起頭來給她一個「莫法度」的聳肩微笑，快快再把視線落回握麥克風的人身上。

「…這是有關這學期福利社獎金的事，也是切關各位老師寒假的『年』好不好過的問題。首先要感謝的是福利社經理錢忠老師平日辛苦的經營，不計個人得失的情況下，我們才有今天這筆額外豐富的壓歲錢，根據錢經理的統計，每位老師平均可拿到七千元沒問題…我想，附近的學校再沒比我們《愛生國小》經營出如此佳績…」

「哼！七千元是不少，但是比他們那三、四個大頭頭的五個位數，那可要差上一截，平日要不是嘴饞，不見他們到福利社兜一圈，如此的分配不均，真太便宜他們了！」青茉老師又偏過頭噘著嘴，壓低聲音憤憤的說，像誰觸了她的戒規，她比葛音早到《愛生》三、四年，對《愛生》的「繁文縟節」自然較她來得清楚，所以在青茉面前葛音往往只有聽她說話的份。

「…另外，加上平日你們中午在學校吃的營養午餐，一學期淨賺個八千塊總有吧！想想，八千塊能為你紓解多少經濟壓力呀…」史老大的眉挑得好高，那是他在平日情緒激動的時候才有的表情。

「葛音老師呀！看樣子，明天一早，我們真該燒香來供拜他了！」余青茉一觸即彈的扔過來這句話。

「是呀！好像沒這七、八千塊我們就活不下去似的！」葛音終於開口，順著她的話接，像在敷衍她，也似在說給自己聽。

「…所以呀，你們要感謝的人實在太多了…」史老大此刻像受人尊敬的演說者，他自己這麼想，因此意興風發的把聲音提得高高的。

「當然囉，這也是各位老師平日辛苦換來的，利益當然也歸於大家，所以啦，下學期的福利社還是要仰仗各位老師的幫忙，輪到你販賣東西的時候，別忘了，每節下課鐘一響，要以最快的速度小跑步到福利社來…」

「哼！小跑步，我看飛的更好，我真倒楣，遇上輪守的日子，排的是八堂滿滿的星期四，如果又遇上『好朋友』來，那是痛累得想在地上滾。」青茉就是性子躁了些，但她說的這些也是實情，正如史老大所言，大家賺的都是「血汗錢」。

「…早上學生多，當然少不了你，即使下午人不多，你也應該到福利社來，才表示你是福利社堅貞不二的一員，那麼，在學期終了時，你拿了這個代表良心的血汗錢時，也就能『仰不愧於天，俯不怍於地』了，哈！哈！哈…校長我才疏學淺國學底子不好，但孟子這句肺腑之言，我始終是忘不了的，嘿…這是為了你，也是為了大家的進帳，福利社的物品要多變化才能吸引學生的購買慾，別忘了，我們是站在同一條陣線上…」

「噹噹──噹──」

「好了，謝謝各位老師，考試鐘已響，可以準備監考去，記得考試座位是梅花座，要嚴格執行，絕對不准有作弊行為，獎學金制度是我們《愛生》最高榮譽…」

「啐！真沒想到我這次的數學栽在這史老頭手上，那天尤培軒的媽媽帶著一盒日本進口的化妝品來找我，要我多關照她那寶貝笨兒子的數學，我還一再向她保證，這次數學簡單得閉一眼都會算，現在禮也收了，如果再抱個鴨蛋回家加菜的話，我可再也沒臉見他老媽了！」

還沒走出辦公室，余青茉又是燃炮般一串下來，葛音是奈她莫何的。

「二年二十一班，葛音老師請馬上到保健中心一趟，二年二十一班，葛音老師請馬上到保健中心一趟，二年二十一班葛音老師請馬上到保健中心一趟！」

「葛音老師，擴音器叫妳三遍，八成是學生出事了，妳馬上到保健室吧！」正在走廊的徐老師探頭進來招呼，葛音聞言一把抓起疊好的考卷即往保健室跑去，一顆心噗通噗通的像已跳到嘴裡，她只祈求不要有事發生才好。

「好好一張臉，怎麼踩成這樣呢?!」看著那張滲著血絲的紫青臉，她又急又慌的問著，小娃兒早已泣不成聲，淚水糊了滿臉，救護車的呼嗚一聲急似一聲，嘎然止在校門口，車頂的紅燈被扼住喉嚨般的發不出伊啞叫聲，只得拚命旋轉一強一弱炫眼的紅燈，折射成一道道無聲卻如電掣般的強烈控訴。

「剛考試，下課鐘一響，學生像餓虎出籠似的奪命而出，四、五十個小毛頭擠在這五層樓梯口，低年級對梅花座還未能進入狀況，一出教室搞不清東西南北，只知跟人擠，八、九歲的孩子怎麼擠得過那些粗壯的十二、三歲高年級小孩？我走到樓梯口只看到地上一落學生推擠著，趕忙拉啊！拉得我手臂都快脫臼，到最後才看到最下面那個最小的，再遲幾分鐘，那學生準來不及救了，小心明天晨會上，史老大給妳公然一刮，『生死簿』上給妳記上『照顧不周、疏於管教』一筆，妳就被釘死了，在他眼中再也翻不了身，他總會再三搬出教條：『雖然下課時間當老師的無法陪侍學生在側，但那些常規都是上課時間當老師的要強調的呀！』一句話就叫你吃不完兜著走！」于老師手腳比劃著，永遠趕不上她說話的速度，她的一長串話像在交代也像在邀功，更多的是警告。

葛音心裡亂成一團，當初高瑋陪她來《愛生》報到時，就曾提醒她，理想的小學教育環境該是有片寬敞的青草地任娃童翻滾嬉鬧，而《愛生國小》呢？除了一塊二〇〇公尺一圈的迷你操場外，四周都是孤硬挺直的鋼筋建築，四、五千個學生每天擠啊推的，心胸如何寬闊得了？高瑋曾勸她陪他留在臺東的家鄉，只要兩人有心仍可做出一番成績來，無奈，她自有想法，這些高空的話是過而不入她耳的。

此刻的她，實在不比那哭泣的小娃兒大上幾歲，所不同的是娃兒能盡情的揮霍眼淚，而她不能。就是現在，她想死了高瑋，現在，他大概和一群學生在綠綠草坡唱歌跳舞吧，還是領著學生在河裡捉魚？他曾說過，他們的自然課常在教室外頭上，好觀察萬物，而她來這兒也快三年了，哪一天不是戰戰兢兢心生恐懼的？想到這兒，眼淚再也忍不住的滑下來。

平日處理應對總要特別謹慎，惟恐一有疏忽，校長麥克風一握，全校一、兩百個同事面前，說有多丟臉就有多丟臉，反駁解釋的餘地都沒有。上次那個脾氣最好、待人最和氣不過的張正傑老師，因學生的事而校長是非尚未弄清楚就當眾不給顏面，於是激怒了他，晨會當場喧吵起來，校長一句「教育局見」，沒有人不攔著張正傑老師的，但多一事又怎樣？五十多歲的人了，在家可儼然受敬愛的一戶之長，最後還不是落得彎腰陪臉道不是。

那次站在辦公室角落，葛音看得直發麻，並告訴自己千萬不要給自己這種怒目相視對簿公堂的機會，她知道她有個一發不可收拾的驢脾氣。

因此，每天從早上七點多的清潔打掃、早修靜習開始，她的每一條神經都處在緊繃的奮戰狀態，講課再累也不敢隨便坐下，就怕史老頭就那麼巧的查堂經過，那明天的晨會上不就又有得瞧了。上次月考友玟老師挺著九個月大的肚子，利用科任的空堂到保健中心躺一節，不小心被史老頭看到了，他竟要她寫請假單和「悔過書」，否則以曠課論，聽的人都不平，但有誰敢說，自保都來不及，多一事不如少一事。

想「終身免疫」就學學被史老頭稱為「校園十大美女」的那些同事，用點心獻些慇懃，為史老頭那一家打點什麼物件送過去，瞧！仟娟老師她們衣著摩登俏麗不說，嘴巴更是巧得討人喜，中午放了學五點才下班，下午三點一到就跟著史老頭到新生訓練場學開車，而我們這群木頭人光會學書上說些硬梆不關痛癢的話，一個錯，翻不了身就永遠成了次殖民地的忠實居民。下課十分鐘，好不容易可坐著歇歇，又要打場紅筆仗一堆山也似改了又來的習作簿本，若遇上輪值福利社，那可就更精彩，一天下來，幾乎可以忘了我是誰，想到這兒，她再也忍不住她第二顆、第三顆淚珠。如果高瑋此刻在她旁，他怎麼決定都依他。

當初師專附小校長看重高瑋的專才，有意聘他擔任音樂教師，附小寬大的音樂教室，是打通兩間普通教室闢成的，綠色絨毯鋪席著，像走進生命躍動的花草森林，貝多芬、巴哈、德布西、莫札特、孟德爾頌、蕭邦的巨幅畫像掛在三面空牆上，讓他們這些樂聖牽著踏進追尋那一個個躍動的音符。

前頭五線譜大黑板的下方有五聲音階的發聲掛圖，一架豪華平臺式的演奏鋼琴英挺傲然的平踞一處，光可鑑人的琴鍵黑白分明的躺著，靈活的十指下去就可譜成一支動人的愛歌。貼牆而立的層層鐵架上排排的手風琴、大鼓、小鼓、鈸、響板、鐵琴、木琴…節奏樂隊所應具有的大小樂器都備齊，高瑋描述裡頭一器一物裝備時眼神飛揚的神采，在那一刻已深烙在葛音心底。

這是個音樂小王國，校長曾鼓舞高瑋說「高老師，節奏團和合唱團是本校的兩大招牌，只要你維持本校聲名於不墜，在教學上有任何需要，我一定盡全力協助」高瑋說著說著，神采亮燦，宛若臺下有數千名觀眾，而他是臺上樂團指揮般陶醉，她為他可一展音樂教育抱負而手舞足蹈，沒有人忍心拒絕這場盛宴的邀請，無人能抵拒華筵的誘惑，同時，她也為他們兩人的將來編織一個立可兌現的美景。

《愛生》是位於路經附小的途上，高瑋可以送她到《愛生》上課，等下午放學，她再到附近的市場買晚餐的菜食，要不了多少時間，高瑋也差不多到了，環抱著他的腰，坐他機車後座，兩人再回到那物質簡陋、精神卻繁富的小屋。

她想，到那時候，她已擁有了整個世界，天塌下來都有人頂著。身為一個女孩，能和知己般的人歡喜廝守一生，這不就是無悔的一生？

自從高瑋告訴她附小校長有意聘他的那刻起，她用來編夢的棉絮素材就那麼一天增高一分一寸，高到兩人可在夢床上嬉鬧彈跳無所傷，走路想起來，都會不自覺的牽動嘴角笑著。直到，高瑋不帶商量的堅決口吻——「放棄附小」

從電話彼端傳過來，她才一下無所憑恃的從十丈高的夢鄉跌下來，頭腦清楚了，而心仍有未甘，耳邊不時重複他的決定。

「小音，附小的音樂教學設備正是我心裡的一支愛歌，一個美麗的夢，我也知道，我的能力，加上校方的大力配合，我可以訓練出一支漂亮的樂隊，但一想到家鄉那群有著豐潤喉嚨卻薄衣上學的孩子們，我心中的罪惡感就一直充斥著，那是我的兄弟呀！而幾十年的學校竟連個像樣的鋼琴也籌資預算好久，一個半山腰的偏遠學校好不容易有個師專音樂組的畢業生，附小多少人垂涎想進卻苦無門，而我那可憐的母校又有誰來聞問過？我若再掉頭一去不顧，那些山地小孩是不是註定都永遠要輸人一步？這是多麼不公平的事呀！幾個夜晚我從夢中驚醒，整片山林熊熊的火燒著，也延燒到讓我度過無憂童年的小學，所有的孩童尖叫哭喊，而我只能死命自顧的往山下跑，我真的驚醒了，嚇出一身冷汗。小音，當我回頭時，我看到一隻隻小手張開五指的伸向我，要我拉他們一把，真的，小音，我放不下他們，放不下！⋯⋯我要募捐，為他們買部琴，我要領著他們在山中吶喊，讓歌聲迴盪在山林裡，我讓都市的孩子看，奔躍在山裡的孩子，他們不是冰淇淋與巧克力餵來的，但他們有天籟般的美妙歌音。我要一個新的開始，小音，跟我來這兒，這兒沒有爭名也沒有奪利，有的是清風鳥鳴的大自然，在這兒，我們依舊可以過得安定，我會盡我所能給妳一個安適的家…」

他的堅定，使她沒勇氣聽下去，掛了電話，也掛斷了師專三年所培養蘊育的感情，過去的一切像頰上垂滴的淚散落一地，漂濕了她的夢。

就這樣，齒輪般咬合的生活，她孤軍奮鬥了三年，也學會了疲憊，深深的，像蔓長的青草，延攀整個幾盡枯竭的心底。

教育的神聖不是掛在嘴上說的，教書的那份快樂卻是立即兌現的豐碩犒賞，但每天一早，只要睜開眼想到要來《愛生》，為什麼就如得了嚴重傷寒般下不了床？《愛生》的三年像張細密的網，網得她連回顧的勇氣都沒，深恐一掙扎又是交纏不清的糾結。如履薄冰的戒慎恐懼她是嘗到了，提防他人是從前未有的，在這兒，說真話是天大的笑話。剛來時，她帶著一顆一切單純化、簡單化的學生心情站在講臺上，站久了，她才驚覺站姿有很多種，而最費力的直立姿勢也許也是最不得體的。

一張張不同的臉，卻說著相同的，只有光度而沒有熱度的話，她的心劇烈的抽動，隔著《愛生》這道牆之外，她為什麼看不到這些？對校長專制獨行的理校作風，她有更多的不滿，她有更多的憤懣。《教育行政》寫著：理校有

「民主開放式」、「以校為家式」、「技巧引導式」，為什麼獨缺「專斷自我式」這種呢？

她的不滿像吹漲的氣球，不得不找人傾吐為快，那個主動幫她忙，並告訴她學校一些在校務條例上找不到校長「特別規矩」的吳玲玲老師自然成了她發洩的最好對象，沒有吳玲玲的屢次安撫，她不知是否還有勇氣在《愛生》待下？

就是那個午後吧！帶點涼風，有個燙著大波浪捲髮的女人迎面而來，她穿著一件貼身絲質襯衫和艷紅的窄裙，把豐滿的身材暴露無遺，高跟鞋「登蹭」「登蹭」的從走廊那端搖曳走來，跟著幌動的是耳下那兩串葡萄形的耳墜子，叫人留神的裝扮，走近一瞧，原來是教寫字的魏老師。她的飾品之多在女同事之間是廣受注目的，四十好幾的人了，妝扮的是三十歲的青春。對青春，很多人大概都抱著很無奈的複雜心態吧！心智上追求的是較別人多十年的經驗與成熟，而外表呢？苦苦經營的是巴不得嬰孩般的天真。

對魏老師，她早有耳聞，只是未曾交談過，快擦身而過時，她忽地停下腳步，塗著鮮紅蔻丹的手放在葛音肩上，好似多年老友般，這時葛音才看清楚，不管她臉上的粉多厚，仍遮掩不了一做表情就逼出的魚尾紋。她的聲音放點嬌滴滴的溫柔，而陌生的冷感似乎更多，桃紅色的兩片唇笑著說：「喔！妳就是葛音老師吧！聽說，妳不太適應這兒，是不是？待久了，妳就會習慣了，人嘛，總是要適應環境，不能老叫環境適應你呀！對不對？…喔，對了，還有一件事，其實咱們史校長也沒妳想像的那般不近情理，他人其實也滿好的，只是妳沒接近他不了解罷了，還有妳遇到他好像不太招呼他，這樣對妳沒什麼好處，我說這些可都是為妳好！」她邊說邊挑著眉。

「哦！我知道，謝謝魏老師的提醒，以後我會注意的！」葛音只是把心驚放在心裡，臉上仍不忘帶笑應對。

「年輕人剛進來不懂事，難免會說錯話，以後小心點就好，沒關係的，我去上課囉，再見。」

她青春魅力的飽滿一笑，搖著高跟鞋又「登蹭」走了，而葛音卻像木釘似的呆立原位。

後來，她知道多些的是：她是校長眼中紅榜單上的紅人，懂得利用流線型的衣著來散發女人特有的魅力，又懂得人情的擺設，正投史老頭所好，所以她是史老頭眼中的蘋果，更是《愛生》的線民，她在《愛生》可有呼風喚雨的本事。當初，葛音會填《愛生》為第一志願，還不是因為不甘寂寞，看在一、兩百個教師夠熱鬧上，走進了來，才知《愛生》有最多的靈魂，而每條靈魂，也有著最冷如冰山的溫度，觸摸起來都可能成凍瘡。自那次以後，她就緊緊的把自己裹起來，也開始學習和孤寂相處，她尤其想念師專那群為一顆蛀牙可以扯上一個通宵的死黨。

身在紛擾的現實裡，卻老把頸子伸向深藐的回憶，她常被卡住動彈不得，漸漸的，她不敢隨意去舔嚐回憶的蜜糖，只有遠遠的看它，只因自己無力收拾甜味散盡的滋味。

夕陽，在文人的眼中是衰老、是結束，而在葛音眼中反倒是希望與開始的象徵，每天期待的不就是這個時刻的到來？

播音機循例的放著〈土耳其進行曲〉，學生陸續挨擠到操場來準備降旗放學，她站在操場後頭如傘張開的榕樹底下，幾棵榕樹過去，走來了兩個男老師。

「力仁老弟，剛才夕會結束，史老頭在辦公室發了好大的脾氣」是五年三班的康信平老師，跟二班的施力仁老師，他們似乎沒看到她。

「怎麼啦？」施力仁一臉疑惑，像好端端的大太陽底下突然被潑了一身雨水，該不會和自己有關吧？施力仁如是自忖著。

「你不知呀！還不是為了『參考書』那件事。」康信平提高聲音。

「…那件事…學生的錢，我拿不下！」施力仁一下了然，凜然的回著，使得他一六零公分高的身子，一下拉長起來，像個森冷的巨人。

葛音不再走近他們，靠著榕樹靜靜的聽。

「一本參考書一八〇元，老師抽個五〇元，這是商人自己送上來的，又是學校一向的慣例，幾年來一直都如此，你何苦特立獨行？不拿白不拿，『教育愛』只印在《教育概論》上，用不了多少就會被框死住的！你不要迷信什麼愛心愛心的，那是教書第一年的事，愛太多，會把學生愛死的，送上來的錢你不拿，你高尚、你清高、你是蓮、你是君子，你這不擺明除了我施某人以外，你們這群人都是泥、都是糞土、都是見利亂撲的蠅？」

康信平動了點氣，不容施力仁辯說的講著，使得他那一七五公分高，竹竿似的身子因使力而微顫起來，要不是看在是同一師專畢業，人不親土親的份上，他是懶得跟他說去。他看施力仁絲毫不為所動，更一鞭著地說：「你又是新來的，才來沒幾天就如此『不從俗』，『聲名』傳開了，這可有你受的，有多少人就仰仗開學後的這份額外津貼？你單身，還沒結婚，一人吃全家飽，不知一家人張著嘴巴，就只等著你這份死薪水的苦，一個不小心，老大病了，老二要添衣，那萬把塊如何罩得住？這是最現實不過的！不是反對對教育的抱負和理想，上課時用點心不都可以補回來了嗎？只不過，遇到人情世故時，也不是不可屈個就、轉個彎，表面上大家和和氣氣的不也就打哈過一天了。像你平日掏腰包為學生訂報、買獎品；又去發個神經買了個立扇給他們在教室吹涼；好不容易一個假日到了可以擺平休息了，你又帶那群小鬼郊遊、看博物展，懂事的當他會記在心裡，可是話再說回來，萬一不小心途中出了點差錯，我看你這個好好先生如何擔待得起？飯碗都不保…聽我的話準沒錯，教書就這麼回事，久了，你也就見怪不怪了，再也不會有這種『驚世駭俗』的舉止了，唉！『水清無魚，人清無徒』，老弟，我比你多走一段路，沒錯的！」

康信平老師的一字一句像釘子般打進倚樹的葛音耳內，在施力仁身上她依稀找到昔日自己的影子，才不過三年時間，那個影子離自己竟遙遠且陌生起來，踏出師專校門的前一個月的集中實習課，她帶的那個班級，她寫的劇本學生話劇演出竟得全校第一，她感動得差點沒抱著孩子哭；又蒙同學看重，她當了一週的實習校長，站在升旗臺上對著全校的孩童說話，只是，那一對對瞳眸是如此的晶亮與信賴妳，那時她是如何鼓著信心告訴自己：「她要讓這一顆未發芽的種子在自己的掌上長成一片樹林」，她堅信：「一粒麥子不落在地裡死了，仍舊是一粒；若是落在地裡死了，就結出許多麥子來。」

而今呢？她的心沒變，只是環境不同了。

學生已在操場排出整齊的隊伍準備降旗，她離開信平老師的談話，走向自己班級隊伍。

樂隊奏著國歌，她抬起頭望向空中飄幡的紅色醒目國旗，國旗的高度背景是二樓的校長室，乍見校長室大門兩側釘著觸目驚心的兩行字——

「鐵肩擔教育，

笑臉看兒童。」

葛音默念著。

「…矢勤矢勇，必信必忠，一心一德，貫徹始終！」

「貫徹始終」四個字被學生大聲的急速收尾，大概高興好不容易把國歌唱完了吧！不料到，卻震得旗杆頂端背後的那個「笑」字歪斜抖顫起來。

〈刊載於《自由日報》76年11月16日〉

昨日陽光

……原來，爸媽在哪裡，愛就在哪裡，
哪裡有愛，哪裡就是家……

「我不要開刀！我不要開刀！我若開刀，我五個孩子怎麼辦？」

餐桌上，白錫琳近乎求饒的說著，兩滴清淚順勢滑了下來，老大奕科又在重複相同的問題，只因醫生一再囑託：為防止腫瘤惡化，宜儘早住院開刀。當醫生以腦波診斷出白錫琳頭痛的原因是良性腫瘤潛萌時，他第一個反應是措手不及，身子一向魁梧壯碩，哪有可能？接受事實竟比面對事實來得困難，這反應似乎不該在五十有二的年齡呈現。尤其在局裡，他的職務又是虎虎生風叫人望而生畏的刑事組長，多少件暗潮洶湧的案子就在他明快果斷的處事原則下肅清歸檔，而今，這態度簡直判若兩人。

也難怪如此，他一生雖踏遍大江南北，最後落腳在有福爾摩沙之稱的寶島，看多聽多早該淡泊，然而，世間情緣仍舊割捨不了，想著他辛苦建立起來的家園，老伴古月和兩男三女是他一生最豐厚的倚柱與唯一的資產。雖說老大奕科也已二十好幾了，兩分之差沒考上大學成了社會大學的一員，在現實世界沈浮一直找不到一個性向與生存不相悖的工作，這原就叫他傷腦筋；老二奕萱倒好，獨立、自我要求高又節儉，完全具有當老大的特質，書念得普通，倒也擠進中部一所大學；老三奕群在家裡是最活絡不定，反應快、嘴巴甜、動不動就躍背兜他脖親他頰，這小妮子有著男孩子最粗獷的性格，也有女孩子最纖細的敏銳，最是把握時機的識時務者，讀的是不用人操心的師專；老四奕庭長得白淨高瘦，他喚她「眉妹」，說「眉妹」最快樂了，因為她最容易滿足，生性不喜爭搶，也因此養成她事事不計較凡事逆來順受，遇事頂多掛行淚便算了事的順天命，敦厚良善的天性表現在家事上更是明白溫馨，父親常嘆她命好，因為無欲則剛；老么奕孟是最少受他關愛的一個，大概，「愛」早給前面那幾個吸光了，這清秀娃兒似乎是勉強掛上車尾的，一點也沒沾到既是男孩又是么兒的便宜。奕孟的個性在國中即可隱約看出怯弱缺乏信心優柔寡斷的含糊個性，前面那幾個姊把他一比，就給比了下去，這也是奕孟始終視父親為絕緣體的原故，在白家是有明顯的重女輕男走向。

而老伴古月對他來說則是舟上的另一隻槳，沒有她這隻槳配合偕進，光靠他這隻槳終究會偏離導向，走不進家之旅。古月是個因過度以勞力換取些微補貼持家而遺忘文字文化的婦道人，而這似乎不影響他倆的溝通相處，因為，他們那個時代很容易為一個大目標與大前提而共存共榮，比方家庭啦孩子啦，鮮少有個人自我的字眼出現，因此社會問題相對的減少許多。

嚷著不開刀的話時，古月正從廚房端著熱騰騰的湯出來，長桌上五個孩子看父親激動的流淚是生平第一遭，是說不出的難過，好像人生的無奈正從此刻開始。

那頓飯，菜炒得似乎太多了些，怎麼吃都吃不完。

之後，沒人再提「開刀」這字眼，因為怕父親流淚。

沒想到一些時日過去，再提開刀這事的竟是父親自己。

餐桌上是父親嘻笑說著：「把拔腦袋裡有一顆大珍珠，把拔要把它剖開取出給你們玩！」

父親說得輕鬆有趣又帶笑，五個孩子愣愣的看著他，說不出話來。

收拾好行李，古月和奕科真的把父親送到臺北榮總醫院，留下母親照料父親。爸媽不在的日子，家似乎去掉了愛，沒有愛的家終歸只是屋子。

那天，母親打電話回來告訴奕科：「爸爸說好想你們，醫院他待不慣，直想往外跑。」

奕科知道父親不甘寂寞的毛病又犯，在未開刀的這段觀察期，他一顆心是如何也安放不下在一間小小的病房裡。

次日，奕科即開著向朋友借來的車到附近的國中、高中、師專分別把奕孟、奕庭和奕群招攬上車，蜿蜒著南迴公路途經臺中找到奕萱，一行五人塞在車內一路忍受顛躓之苦行到臺北榮總。

父親白錫琳看到五個孩子像音階般逐一在眼前排開，鬱抑散去，笑逐顏開的擁著親著每個孩子道：「把拔想死你們啦！孩子！」而母親古月永遠是在旁陪著笑。

原來，爸媽在哪裡，愛就在哪裡；哪裡有愛，哪裡就是家。

離開醫院時，白錫琳穿著藍色病服趿著雙拖鞋送孩子們下一樓院口，也不叮嚀什麼，拉著孩子的手，只是一臉淒楚的說著：「把拔捨不得你們走」

而學校終究是得回的，回去盡未完的責任，當個本分的學生，而父親也得回房當個合作聽話的病人，這樣，彼此的牽掛才會少些。

只不過，回到那只能隔離風雨，卻也遮住心中陽光的家，並不能叫人安心。

父親開刀的日子終於訂了，一個恐懼多過期盼的日子，孩子們不知以何種心情迎接它，只知在心中給予最深的祝禱。

手術當晚母親來電說，父親現在是光頭，「珍珠」已取出，還不只一顆，人在加護病房尚未醒來，醫生說應當沒問題，然而，母親心中仍是怕怕！

奕科聽母親這麼一說，又開著車兜攬弟妹北上，光頭的父親會是什麼樣？沒人知道，因為印象中父親一直是濃髮覆蓋。

醫院長廊的長凳上一張張愁苦焦慮的臉更叫人相信：醫院真是人間地獄。

母親把奕群引進一次只容一位家屬探望而且限時五分鐘的加護病房，奕群心中竟是忐忑，她從小膽子特小，容易驚嚇，母親擔心她看了父親現在的模樣會嚇一跳，囑咐她放鬆心情。

她在好幾張床位找到一個比較「仿似」父親的人靠過去，「爸——」，床上的人雙眼闔著，一臉疲憊，她再次輕喚，是父親沒錯，他睜開眼了，只是拿奕群看著，並無任何表情。

「爸，我是奕群呀！你忘啦？」奕群緊繃，雙手搖晃父親，想清醒他的意識。

「喔！是奕群呀！爸爸不要住這裡，爸爸不要在這裡，爸爸要回家，帶爸爸回家！」父親哽咽的哭泣起來，像被丟棄的孩子般無助，這些話是在前不久才同父親耍賴時說的，怎麼今天是父親對她說？父親是有點不同了，她鼻頭一酸，也顧不得父親顱上的藥水嗆人，俯下身，親了父親的頰，安撫他：「爸爸快好了，等過幾天我們就可以回家，爸爸乖。」

五分鐘很快就到了，奕群跟父親說再見時，父親盈眶的淚一眨就匯成小河，流到耳畔的枕上。

母親仍留在醫院照顧父親，而不時的打電話回家報告父親的情況，通常，母親只投幾個銅板，孩子這頭的心還沒就緒，那邊銅板已經吃完，留下一些「進食了」「話較多了」或「不說話只拿人看」的話在蜷曲的電話線裡流盪，孩子們更關心的是爸媽什麼時候可以回家，而醫生沒給確定的答案。

同時，奕科向家裏拿了些錢開起音響店，人在支票與現金之間打滾周旋，奕科有最靈活又迅捷的處事效率，也有著最不安於現實想一步登天眼高手低的虛性，對朋友的熱心可用「鞠躬盡瘁」四字來形容，海派大方自不在話下，而在主觀意識的強烈下，生意做得顛顛危危可想而知。奕群看不過去，一則心疼胼手胝足持家的爸媽，一則對商場不順遂的奕科說道：「哥，有錢的人，可以拿錢買經驗；沒錢的人，只能以自己的血汗換取經驗。」

奕科話是聽了，而人似乎是身在江湖，一切由不得自己，一臉的不知如何抽足而出的無奈。

父親母親回家的日期終於確定了，那天，奕孟、奕庭、奕群白天在教室如坐針氈，直等著放學鐘的響起。

奕群踩著鐵馬飛快的從師專奔回家中，想著父親看到她這付無頭蒼蠅狀一定又會擁過來嚷著：「白老師好，我寶貝女兒回來了，把拔想死妳啦！」第一個叫她白老師的人就是父親，要她去讀師專的也是父親，父親一直以為教書對女孩來說最是妥當，就因為這樣，她走進未來執鞭者的搖籃。想著這幅父女相聚的天倫圖，她樂得整個人都快慌了起來，滿滿的幸福感脹得她胸口快破了。帶著顆噗通的心搶到父親的床沿，父親瘦了，原本紅潤煥發的雙頰沒了彈性般擱放那兒，瘦點也好，身體健康最重要，她心想。

「爸，我回來了。」她喚他，聽到聲音，父親把眼瞼慢慢張開，注意了一會兒，再看看四週，最後，把目光停放在天花板上。奕群心一驚，不放棄的搖人：「爸，是我，我是奕群，你最寶貝的女兒呀！」

父親看都不看她一眼，嫌累的望望窗外，再把眼光收回，然後閉目養神。奕群的胸口像被刮了一刀，不覺得痛，只看到紅豔豔的血汩汩的流出。她返身推著單車急急奪門而出，奔馳在茫茫風中，向風兒要答案。

她知道，她必須在一夕間長大。

接下來的日子是父親昔日的虎背熊腰不見了，雙頰也逐漸削了，因為不去嚼食物，母親只好把肉、菜等食物用果汁機打碎蒸爛，一匙一匙餵。又因不愛說話，常陷入自我的冥思裡，兩腳一站即抖無力撐久，母親看在眼底，疼在心頭，往昔的雄姿煥發、友朋的門庭造訪都一併隨著父親的一刀下去而隨風消逝。而奕科生意上的不順遂，更使母親眉頭深鎖。為了不讓父親和外界隔離，母親常在早晨或傍晚攙扶著父親到鄰家、街上、甚至附近的鯉魚山走動，藉著活絡筋骨能呼吸外頭的動靜訊息。而父親偶而也會說說感覺，只要知道父親心裡想法，母親就安心了，照顧父親的工作因此做得盡心，以夫為經、以子為緯，經緯的交錯，編就她的天與地。

父親的光頭逐漸滲冒黑白相參的細髮，漸漸蓋住頂上縫合刀傷，而在頭皮下，為減緩腦壓而插通胃部的小管起伏脈動仍依稀可見。身體狀況若有變化，腦壓直接反應，管子受阻整個人就會急遽的變化，臉脹紅手抽搐，常常在半夜開車送診。

一次，情況更危急，街上醫院以設備不全勸母親趕往臺北榮總，在半夜，如何找到能平躺的車座？而且儘速？醫生建議找直昇機，母親眼睛都紅了，除了奕萱在臺中外，四個孩子在旁是措手不及的亂，奕科以老大的幹練接洽救護車，但從臺東繞跨中央山脈到另一頭的臺北畢竟不是吹灰之事。

奕孟平素參加教會活動，以基督為心靈依歸，他靈光一現，臺北醫學院畢業的戴大哥是最關心他的教友，夜半撥了電話給他，戴大哥在極短的時間內趕了來，而且身邊多了個護士，母親的淚都布滿臉了，就這樣奕科陪著母親再次連夜急奔臺北榮總。

掛完急診，醫生馬上做引流手術疏通腦壓，父親安靜多了，而一個溫溫熱熱的腦袋瓜在鐵針銀刀的加減下是舊痕未癒，新傷又來。每一刀每一線是割在母親最嫩的肉芽，是縫在孩子們掩面唏噓的恐懼裡。

一直到後來，這意料中的意外竟有如家常便飯般常扣家門，自從父親開刀以後，全家似乎不曾圍在餐桌上吃飯，父親琅琅的爽朗笑聲猶如一則離奇的傳奇，絕版在坊間，孩子們得打開記憶之窗方能重溫與品味那笑聲洋溢的溫馨與幸福，而以前的路，似乎再怎麼都走不進去了。

父親抽搐的頻率更多，上醫院的次數也跟著遞增，在醫院的二等病房裡，母親的床就是冰涼地板上的一張草蓆，尤其是冬夜，不是冷醒就是只要床上的父親有變動，再怎麼深沈的睡夢，她都得警覺的醒來應變處理。

「以前看到一隻老鼠我就會跳來跳去的，現在夜半常常遇上同一排的病人有人死了，我頂多害怕在心裡，膽子大多了，這都是妳爸爸訓練出來的。」母親告訴奕群話時，有許多自豪，但奕群清楚的知道在自豪的背後有著更多的無助，她記得讀國小時，母親為貼補家用，在忙完家務的烈日當頭，騎著男用的老舊機車載著一百多公斤的衣服下鄉兜售。

一次，好奇心驅使她跟去，母親讓她坐小小的前座，她過高的身子只得縮頸俯首，以免擋住母親的視線，「賣衣服」，那是個怎麼有趣的買賣交易呀！

機車進入莊厝了，母親開始扯開喉嚨嚷著：「賣衫喔！賣衫喔！」她也跟著嚷，但聲音卻不似先前要來時的振奮有力。

機車停定三合院，村人紛紛走出，母親把包包袋袋的衣服解開，愛新物的村婦一一換穿身上互相對說品頭論足檢視一番，滿足了那新物帶來的喜悅後，再把「如果袖口再寬些、衣領再圓些」等不完滿隨剝下衣褲衫裙的動作扔給母親，而後再送上一句：「等下次有新貨再看吧！」一堆如山丘的衫褲，軟癱在攤開的土泥花布上，等著母親俯身彎腰摺理，奕群全看在眼裡，當下明白純為吃食而忙的遊戲根本不好玩，在母親彎下腰去摺疊衣服時，她順勢抹去眼角的淚，並鄭重的告訴自己：在這一生，只要自己有能力，絕不讓母親仰人鼻息。

母親就是這樣，引著他們走向最深最幽暗的一角，去嘗試去探險。

每一次從醫院回來，父親的兩眼更無神，雙頰更瘦削，話更少，要或不要只能從眼神去求得答案，瘦骨嶙峋而出，兩腳完全無力行走，只得以輪椅代替。洗浴時更仰賴妻和孩的攙扶，此刻，父親完全像個孩子，由力大人壯的奕群背至浴室，再由奕庭和母親柔順細心的洗他身子，而後撒上香香的爽身粉，換上舒服的睡衣，再餵他一口一口的餐食。家中的空氣不涼不熱，足夠去溫暖一個每況愈下的體溫。

而父親的職務早不能執勤了，母親在參酌意見下，給父親辦了全退休，因年資未達一定年限，所以所領的退俸極為有限，而這些錢得養一家七口，一個病著、一個整日喊著沒本做生意、四個讀書、一個又退居家管，捧著這輕而薄的五十萬塊，母親的心卻逐日沈重起來。

除夕，真是個叫人愉快的一晚，因為天一亮，所有的一切就可歸零重來，全是新的開始。

一家七口正正式式的圍坐圓桌，父親永遠落坐母親的及手處以方便餵食，到現在，父親已難得開口說話，母親與孩子平素從細微觀察了解他臉部表情所傳達的訊息，肢體語言這時對父親來說，毋寧是一帖溫柔藥，孩子們會親親他凹削的頰，擁抱他骨瘦的身，父親雖然不說話，但從他眼神中可看出一絲閃亮的神采，他知道他仍活在愛中，只要有愛，生命就是永恆。

吃飯時，奕孟講了一個不像笑話的笑話，講完還沒人懂得要笑，奕科看不過去道：「奕孟難得講得這麼辛苦，大家實在太不給面子，來，一齊哈！哈！哈！」一整個餐桌頓時爆笑而出，彼此嘲笑揶揄之際，有人敲門而入，說是找奕科的。

「白奕科在嗎？我來收帳的，上次訂的貨，好久了也不來清一清！」敲門者簡單扼要的說明大要，把剛的歡樂氣氛扼殺泰半，每個人心中一條紘繃在半空。生活中的意外氣氛與場面，諸如嘻笑或怒罵，常是奕科營造的，他是水，也是火，有著兩極強烈的異端。

一頓年夜飯就在不歡中各自扒幾口了事。

奕科在他們每人心裡早成了一張滲了水的宣紙，逐漸蔓延擴大的心事，而父親仍冷冷的看著這些，像是無感。母親重複著奕科認為嘮叨的話：「你爸爸的退休金很有限，你可不要太掉以輕心，以後的日子還長得很哪！」

「不要說了，我才不戀那些錢！」奕科怒目著，聲音大了起來。

在白家，有明顯的戀父症，包括買衣購鞋，都賴著父親上街挑選，而母親，只有肚子咕嚕咕嚕叫時會想起，父親給奕科太多的尊重與自由，因此，奕科還學不來在某種則理下去約束自己，母親對他來說，快只成了衣食供應者的代名詞。

後來，一張張支票真的軋不過去了，母親一次次火燒屁股般到銀行領出三萬、五萬、十萬去應急，因為其中有一部分是奕科用母親的名字去開立支票的。

存摺的數字迅速遞減，而奕科和母親之間的火爆拉鋸才開始。鋌而走險、膽大心不細、對新事物的好奇永遠活躍，正應了奕科右手斷掌的性格，他能讓風起，也能叫雨停，讓全家在他情緒漲落裡興奮或恐懼，也因此，奕萱、奕群、奕庭、尤其奕孟，對他都保持一份相當的敬畏距離，有事，寧可找老二奕萱商討，奕萱處事井然冷靜，她們常筆談，藉著幾張紙，心思躍過一座座山頭到對方眼裡，而經常，她們的信是同時寄發的，而在同一天讀著彼此的心情，因此，奕群老早就相信有心電感應這回事。

對奕科為所欲為的行徑，四個弟妹除了把心提更高外，半夜母親暗泣的次數也愈來愈多。

大年初一，留奕萱和奕群在家陪父親看電視，父親有時會遞來微笑。

「爸，今天過年哪！你看，節目多熱鬧！」奕群靠過去在父親已不再豐腴的頰上啄一下，那是她的習慣動作，也是最得父親疼惜的原因之一，螢幕景物流轉而去，一切都好，只要不再惡化。

「妳帶爸爸回福州好嗎？」父親竟然開口說話了。

奕群又驚又喜，「爸，福州在大陸，很遠呢！」

父親清楚的說著，突然「喀——」痰哽住了，父親整個人又抽搐了，臉脹紅，奕群知道又出狀況了，再不緊急處理，父親會因呼吸道受阻而危急，想到這兒，她淚都快出來了，還是奕萱鎮定，要她快去叫車，兩人攙攙扶扶，把父親弄到醫院去馬上抽痰。

這以後，父親的體力是連吐痰都費力，藉著抽痰機把喉間的痰抽出，常常抽到血絲縷縷，父親會緊縮脖子，眼睛直楞楞的看著天花板，孩子們知道他痛，痛到脊骨了，而他們愛莫能助。「把拔好勇敢，忍著點，你一定會度過難關的」孩子們緊蹙著眉說不出話來，只是心中祈禱，良善的人是相信真有奇蹟這回事的。

回家後，父親雙頰更凹削了，一使力，手指青筋是不曝而現，兩腳是皮貼著骨，僅餘的脂肉在腰腹間，一環抱也是搭拉不見斤兩。

那個寒假午後，就奕群在家陪父親，人在書房寫著厚厚的寒假作業，父親依舊在房裡，想睡時眼閉上，醒時則是兩眼睜著，天花板即是他整個視覺世界。埋首文字好一會兒，奕群突然想起該到房裡檢視父親一回，走靠床沿，奕群真的嚇住，嘔吐物布滿父親嘴臉，看樣子也不是幾分鐘的事了，而父親所能做的只是「ㄆㄨ、ㄆㄨ」輕吐著口沫，意圖把唇邊的渣物趕走，奕群見狀又是叫，「爸！怎麼這樣？為什麼不叫我一聲！」她明知父親早不用言語，但她仍愚癡的說些妄想的話，疼到心上了，趕忙收拾殘局，清潔其身。

吾之患在吾有身，生命的誕生是否就是憂患意識的開始？

奕群真的啞然了，在一呼一吸之際，她看到父親在生之邊緣的掙扎，在掙扎間極力喘息，很快的，她又瀕臨淚的邊緣，生，不見得就是喜呀！她快不能自已了。

又一次，她讓父親坐靠床頭餵他進食，適巧電視螢幕拉出「人生真苦」的對白，父親吃力的重複道「真苦喔！」，眼裡漾著淚，奕群心中一震，這三字不就是他這些年病上的心境寫照？

而母親，默默的接受一切，父親的食物，也做得更精細，父親的腿她按摩得更勤，父親的物質生命一點一滴在耗損在溜逝，她全看在眼裡，只是戰鬥意志更昂然，她常常告訴自己，是說給孩子聽：我不能倒下，我千萬不能倒下，我再不堅強，這個家真的就完了，天公疼憨人，可要保佑我身體健康。

對孩子們來說，這三、四年來，母親已從幕後走向幕前，以前的她在家中僅扮演傾聽的角色，而現在大自時事的變革，小到褲底破個洞，都得找母親講講弄弄不成。倒了爹、又沒娘的日子，奕群是想也不敢想，怕那不祥的念頭一旦存設，就會一切跳現成真似的罪惡至極。

那個上午，把父親梳洗打理好，母親從櫃子底取出衣物一疊到客廳地墊，緩急有序的對奕群說道：「這一疊是爸爸的壽衣，萬一情況危急而媽媽又不在身邊，記得一件件按次序給爸爸穿上，共七件。另外這一疊是媽媽的，爸爸病了這些年，不僅把一些官場朋友病跑了，家中所剩也不多，媽的喪禮簡單就好，身體燒一燒，裝個罐放在廟裡就成了，妳大哥我是不敢寄望了，妳弟弟又是基督徒，不拿香拜的，妳們三個女兒嫁了就是別人家的……」

奕群聽著，讓話在耳裡穿來穿去，為什麼還沒熾烈愛戀的活過，就得知道終點在何處？熟悉死亡的步驟？必得如此才能摸得慈悲心？她什麼話都沒說，知道此時一言一語都是多餘，交代身後事是一件多麼莊嚴的儀典，她知道她該怎麼做。

奕萱大學畢業在家附近謀到一份教職，頓時經濟鬆緩不少；次年，奕群師專畢業，依T分數與志願分發至臺中一個安靜的地方教書，母親因此多了份倚柱。而家仍老樣子，藥藥罐罐與針筒陪著父親度過晨昏，而這些又都是母親生活的全部，從早到晚只忙他一人。還好，母親身健體壯，幾年下來，不傷不損，多的是鬢角的白髮與額上的皺紋。

奕群常想，這是怎樣的一對夫妻？母親常講述的故事，父親隻身來臺，形單影隻，那時外婆做吃食生意，父親在喝豆漿時看到了母親，從此，每到攤上和外婆閒聊，希望成為她女婿，而母親回憶當時心情道：「那時看到妳爸爸心中只是氣，就是討厭，真的是躲都來不及。」

母親說著，臉上飛過兩朵紅暈，父親一七五高瘦的體材，煥發的英姿竟動搖不得母親的芳心，她覺得故事真是好聽。

「後來，還是妳外婆苦口婆心的勸說：白先生是外省人，沒公婆在身邊，以後我去妳家也方便，而且他人不錯，有一份安定的警員工作，可以餬口⋯⋯」母親掉入前塵，眼中閃現一抹光輝。

「想當年，他一個月薪水才兩、三百元，要養一家人，我跟他什麼苦沒吃過？⋯⋯」這就是他們那時代的愛情故事，只因母親的力勸，就決定她一生的運命。奕群聽著，當真理般信奉，母親對父親的情是建立在義字上的，每次母親上街從外頭步進家門，她必是嚷著：「把拔在嗎？馬麻回來囉！」聲音透著快樂，然後，一秒不停留的閃進房裡探視父親，看他可安可好？他們的愛情談不上美，卻歷久彌新，天天在體會愛情的新義。

然而，這份歷久的情愛沒有挽住父親絕決的告別。

那日早晨，母親餵完食，把父親打點好，自己忙著洗衣去，哪知父親嗆著了，又哽住痰，人暈昏了過去，送到醫院急救，痰抽了，人仍舊昏睡，母親心驚，就這麼睡了四、五天，醫生告訴她：「非常不樂觀，只是拖著，妳要準備準備。」

母親聽著，眼眶模糊起來，三、四十年的共同生活互相照應，而當他犯上這個病，她其實心裡頭比誰都清楚，她必須時刻準備他的消失。這時，她開始怨恨自己了，要不是當初父親氣盛，常走訪友朋，家待不住，她氣不過說他：「姓白的，以後就讓你走不動，整天待在家裡，好讓我侍奉照顧你！」要不是這句無心的氣話，也許，父親一定不會成為今天這付足不能行、口不能言、手不能寫的慘狀。「把拔，我對不起你，是我害了你。」母親的淚，一顆顆淌下來，擤擤鼻涕、抖抖淚，一下子，母親就從淚水的情感世界跳了出來：「不行，我不能讓把拔在冷森森的醫院走了，把拔一向怕寂寞怕孤獨，我要帶他回家，回溫暖的家，我要孩子們回來，依偎在他身邊，叫他走得安心，知道孩子們是愛他的。」

一通電話把在臺中的奕群調回去，奕群就知道有這麼一天的到來，從她上臺中，就害怕有一天在講臺上口沫橫飛之際，會被主任喚去聽家裡打來的電話，而這叫人懼怕的一天一刻終於來了，匆匆請了假奔了回去。

廿四小時五個小孩輪流守候，小心氧氣瓶、小心父親臉上的變化，而父親依然乾癟的躺在客廳竹編木架上，不得進食，只靠點滴的養分推進血液的循環。

奕群的兩天假已到，奕萱白天上班、晚上輪值看護，幾天下來人更清瘦，而小學那兒催著叫人回去趕課，奕群只好不放心的搭車回去。

而二十天過去了，每次電話母親都重複同樣一句：「一直沒醒過來，只是不斷排泄，好像要把整個人肚內都清洗乾淨才甘心走似的！」

臺北的姨、妗全下來讓母親做依靠，她們陪母親到街上一家口碑相命館卜卦，只遞給那半瞎的人父親姓名、住址、年歲，那人緩緩道說：「我是按照卦象來解說，好、壞你姑且聽著。」母親一顆心高高懸著，不自覺的點頭說「好」。

「此人壽元早盡，只是一直放不下心，捨不得離開，他會找一個你們全不知曉的片刻離開，因為他怕你們一哭，他就走得更放不下。」母親心裡回他：哪有可能他走，我們會不知道？我們可是廿四小時都有人看著。母親惴惴不安的離開相命館，回到家依舊到竹編木架摸摸父親的額頭、握握手溫，滿是不捨：「爸爸喲！你可要快快醒來呀！」

相命先生真的言中了。

那個清晨，奕萱和母親交班，奕萱拖著疲憊的身子丟上床，母親靠著椅背，微闔著眼，這時奕萱在如夢似幻中見到父親向她揮手，告訴她：他要走了，奕萱全身是汗，要掙脫夢境、要拉住父親，但全身似陷夢魘，壓得喘不過氣來，難了難了，奕萱在夢中哭泣。等奕萱被母親的哭聲叫醒，才知父親真的來向她告別，母親自責著：「我剛怎麼這麼不小心，只不過瞇眼歇會兒，他就這麼會挑時間，等我過來巡視時，氧氣管不再冒泡，指針早歸零，爸爸呀！你真會騙我！」

奕群終於沒趕上這次的送別。

回到家，父親已換上一襲畢挺的西服，兩手戴著白色手套，合攏的貼放兩側大腿股，雙眼合目，雖難掩病容倒也安詳，只是穿著白襪的腳上直挺挺的沒穿鞋。

母親紅著眼絲，囑咐奕群道：「女兒應當給父親穿衣納鞋，衣服妳姊姊已幫忙穿上，鞋子特地留給妳穿，記得跟爸爸說，穿上鞋讓你好好走，你的腳病全好了，是全新的一個人了！」

奕群接過鞋，眼淚歘忽掉下，母親再次交代：「妳姨媽說眼淚不能掉在逝者身上，小心！」「這是哪門子禮節！」奕群心裡不以為然。

奕孟撐著黑傘在奕群頭上，奕群捧著父親的神主牌，跨步上殯車，口中喃喃引領：「爸爸——我們現在上車，你要小心走。」那是母親交代的，母親說父親仍有靈魂意識。

一坏坏黃土剷擲在父親的棺木上，尺寸墓碑嵌著父親的半身照，雙眼炯炯，嘴角向上微翹，微笑中帶著莊嚴，對，這就是他們的爸比，兒子並肩作戰的好友，女兒的初戀情人。

土堆積得愈來愈高，連棺木一角都掩遮不見了，埋了父親的榮枯一生。

風，大把大把的吹來，冥紙燒得灰飛煙不滅，父親悲喜酸苦的一生也一縷一縷模糊了起來。眼前景物上下晃動，擠掉眼裡的水液，整個世界又清晰立體起來：「爸爸，現在開始，你是真正得到解脫了，有青山為伴，綠水為陪，你該不寂寞！」

送君長亭，仍須一別。五年來面臨死亡威脅的不只是父親一人，雖然孩子們和母親沒挽住父親見棄的腳步，然而，母親心裡很清楚，她是無憾無悔了。身體的疲憊，永遠不算疲憊。

抖抖身上黃土，進得家門，習慣性的，母親走向臥室，不自覺的嚷著：

「爸爸，媽媽回來囉、回來⋯⋯」第二個「來」字未畢，才猛想起剛剛不是才從爸爸的「新家」回來嗎？一陣唏噓，她知道，爸爸不可能走遠，會一直活在她心中。

〈全國學生文學獎大專組小說類徵文入圍作品／中央日報．明道文藝　合辦〉

〈刊載於《明道文藝》77年7月號〉

遙迢路

……她聽得出他的期待與寂寞，
卻無言以對，她清爽的知曉
今生今世她是別無選擇了，就只眼前這條路……

一清早，阿緞嫂家即傳來哇哇的嬰兒哭聲，哭聲尖銳宏亮擾得左鄰右舍都過來一探究竟，原來是個女娃。

是阿緞嫂託人輾轉抱回領養的，娃兒落地不過十二天，大夥兒奇怪日據的空難時期，阿緞為什麼領個女嬰回來養，半年前她親生的女兒不是才抱走送人嗎？

只是伊傷感地說道：「我生一個我搭家就送人一個，也不管我懷胎十月的艱苦，兩個女兒都被送走了，她說女兒是賠錢貨，只要我再生她就送，到老我這樣無依無靠如何了得，現在她過身了，也阻止不了我，唯一的兒子清仔性向外，在家待不住，才幾歲的孩子，就學會跟我頂嘴，要他幫忙像要剝他的皮般，這孩子我是不敢靠了，所以去抱個女娃回來，從小跟著我，像自己親生的女兒比較貼心，等她長大，再把她嫁給清仔作某。」

「這孩子鼻子挺、眼睛亮，長得還算清秀，不過就是哭聲大了些，緞仔，妳給她取個名字了沒？」隔壁的阿婆問道。

「還沒呢！不知取什麼好。」阿緞蹙著眉。

「這個孩子哭聲太大，想必個性強悍，女人家性情以溫和柔順為貴，才宜家宜室。要不——就喚她作『如玉』，像玉一般溫潤含光。」阿婆繼續說道。

「如玉，如玉」阿緞試喚著，說也奇怪，那娃兒似乎聽懂是在叫自己，哭聲嘎然而止，阿緞一喜，說：「好，就叫如玉，如玉，如玉，真是好名。」

左鄰右舍紛紛為她高興，道賀之聲此起彼落，說她會往遠處想，抱個童養媳來，又是女兒又是媳婦，一舉兩得。阿緞落寞的神情，開始有些笑意，浸潤在一片春風得意中，她辛苦了半輩子，當了一、二十年的媳婦，婆婆精明厲害，丈夫呢？也不是體貼型的，她唯一的希望全放在兒子清仔身上，誰知，十來歲的清仔別的沒學會，游手好閒的那一套倒學得快。她不是不對他抱希望，但是，一旦老了，手腳不能動、身邊又沒錢，誰會理會她這孤單老人？還是給自己留個後路比較妥當。聽到鄰居讚誇這孩子很好「教示」，她心上的石頭才稍稍放下了些，女孩長大了到底是別人家的，這個「如玉」呀！小時是女兒，長大又是媳婦，可貼心貼到肚臍了，真是再好不過了。想到這兒阿緞不自覺又露出滿意的微笑。

人生這部棋，她前半盤走得瘖瘖啞啞，這後半盤，可千萬輸不得，她長得白淨鼻挺眼大眉細，有幾分姿色，村裡的人誰不誇她長得細皮嫩肉，還給她「黑貓」的封號，「黑貓」，除了相貌不俗外，命也該是風風光光的舒適才對，她可不能白擔了這個好名。

＊　＊　＊

馬關條約割據臺灣、澎湖群島給日本，臺灣成了日本的殖民地，美軍B29興之所至還經常來個空襲，幾十架飛機以威武之姿在空中巡邏搞得人心惶惶，一聽到警報聲，手邊再忙的事都得擱下，貴重的東西也顧不得拿，一家大小全趕到防空洞躲警報才是要事。日本仔的殘忍與嘴臉是眾所皆知的，生活本已貧困，過了今天，明日的吃食在哪兒尚且不知，沒有人還有餘力去和日本人做莫須有的對抗，那是不值得的，也是浪費之舉，尤其對阿緞她們母子來說，能平安的過著順民的日子，才是自保之道。

十年來，阿緞憑著自己一雙勤快與不認輸的手帶大了清仔和如玉，而她的丈夫在留給她最後一個女兒後得病去世。么女叫金玉，比如玉小六歲，和如玉倒是親，人前人後姊姊長姊姊短的猛叫，常膩著如玉，要如玉幫她梳頭編髮，成天野跑著玩，玩累了，窩在竹椅上睡著了，還要如玉抱上床，一切賴著如玉。如玉也習慣，她心裡很清楚自己的身分，自己長大還是要變成金玉的大嫂的，人家說「長嫂如母」既然是「母」，凡事就得擔待些。

偏偏金玉又是個拗性子，容易發怒又耍賴，一不順她的心就能哭上三天三夜，一哭，母親阿緞一定就說她的不是，說她平白大金玉六歲。阿緞為一家四口早出晚歸打工累著，一次，金玉嘴饞看別人嗑花生，也吵著要，那人一把丟過來罵道：「也不瞧瞧你們是怎樣的人家配吃嗎？」那年金玉四歲如玉十歲，察言觀色的如玉，早有超過十歲的世故，她看母親擁著金玉向人賠不是的躲回家，心裡著實難過，她全看在眼裡，善體人意的她，不願母親生氣所以就常順著金玉。

平日舒坦時她想想讓讓也就算了，但人不可能沒有低潮的時候，想到自己「童養媳」的身分，她不免有些自艾自憐起來，埋怨父母心狠，出娘胎才十二天就把她送給別人，讓她無依無靠，落到今天受人欺負的景況。但她難過歸難過，不滿的情緒總會在最短的時間內撫平，因為隨著時日的成長，她溫馴俐落的本性已逐漸顯露出來，在母親阿緞的訓練下，對內，在家事方面她已能獨當一面；對外，還要幫母親做小本生意賣吃食，因為阿緞要求得嚴，所以她必須在最短的時間內完成許多瑣碎的事。豆漿要凌晨三、四點起來熬煮，先把黃豆磨成汁，再加水煮開灑上糖就成熱呼呼的豆漿，好趕在六點給客人食用。

十、三四歲的體態逐漸在形成。

家事雜又忙，但她仍要求阿緞讓她抽空到學校讀書，不管再怎麼累，一看到書本，她精神就來了，才發覺，原來她對書本的天賦遠超過磨豆漿的本事，雖然不是過目不忘，說她舉一反三倒不為過，每一學期拿了第一名的獎狀回來，和金玉常考不及格看到課本就打瞌睡著實不同，儘管她在百忙中多麼費力教金玉，金玉仍是一看書本就闔眼，如玉天生聰慧，知道學問的用處極大，何況自己念出興趣來，要求母親讓她繼續升學，但阿緞一口否決掉。

「查某囡仔不需要念那麼多冊，冊上有教妳燒豆漿的方法嗎？」阿緞挑問著，人靠在竹椅上揮著扇袪暑。

「多念一點，以後好找工作呀！」如玉怯怯的回答，她知道阿緞不會答應，但總不能不試一下，否則才真一點機會也沒。

「妳去念冊，那白天的麵攤誰顧？金玉還小，我年紀也大了，體力可不比從前了，何況過幾年都要嫁人作某了，清仔可沒念那麼多冊。」阿緞挑挑眉不悅的說。

其實，阿緞心裡十分明白如玉是讀書的料，聰慧能幹又善解人意，但女子無才便是德，讓如玉去念書，白天的生意沒人看顧不說，萬一以後高等學校也念畢業了，到時候看不起清仔和我這老太婆，那我這幾年不是白養她了？老了，我靠誰？阿緞如是尋思。

「阿母，下課我一定馬上趕回來顧麵攤，好不好？」如玉情急的保證。

「不可以就是不可以，要念冊這件事以後就別再提了。」阿緞聲勢提高，表現出一旦她決定的事任何人都不得變更的神態，如玉只好放棄，雖然心裡不是滋味。

* * *

在日出日落循環往復的日子，一天中她永遠是第一個看日出也是最後一個上床數星星的人。一早，香香的豆漿拉開她一天的序幕，因為手巧，老主顧都喜歡她下的麵，她做事輕巧俐落又聽話，贏得左鄰右舍一致好評，就是靜了點，阿緞嫌她嘴硬不甜，清仔才會不喜歡待在家裡成天往外跑。

清仔，對這個一生要託付的人，她是不敢多想，始終以兄長之情相待，他也沒正眼瞧過自己，對自己總是吆三喝四的當妹妹使喚，聽說，他因為討海所以認識不少女人，會在臉上塗抹很多顏色的女人，他的事連阿母都管不了，她的話他哪聽得進？倒是隔壁家賣米糕的阿川，明明自己賣的是可以填滿肚子的米糕，還是每天過來向她叫麵吃，總選她最空閒的時候。原本，她也只拿他當普通客人看，時日一久，他看她的眼神讓如玉不自在的心慌，他問她瑣碎的家務事，甚且關心她的心情，吃飽？穿暖？

而如玉總是報以淺淺的笑，再給予簡短的答覆。

一天天過去，阿川竟像是她的知己，等他來吃麵無形中成了她一天中的正事。

每晚，她收攤梳洗過後，躺在冰涼的木板床上望向窗口貼天的一閃一爍星星時，那哀怨淒惻的洞簫總會窨冥的透牆而來，是阿川吹的「望你早歸」，她聽得出他的期待與落寞，卻無言以對，她清爽的知曉今生今世她是別無選擇了，就只眼前這條路。

金玉仍從初等學校瞌睡到中等學校，卻也識不了幾個字，「姊呀！字為什麼都不喜歡我，老記不住呢？」她找如玉訴苦，她生性好動外向，書不想念，阿緞就順勢讓她到部落以物易物作買賣，一付討價還價的生意嘴，因此依著她，心想，多一份收入亦是好的，好貼補家用。

另外，如玉和清仔成婚的日子終於訂了，因為日軍才退去，臺灣光復不久，新郎新娘又本是一家人，所以凡事簡單就好，就只在一個形式，對這樁事，清仔的態度一向是冷淡的。

「阿母，如玉是我妹妹，十幾年，我都當她是妹妹看，怎麼可以娶她呢？」清仔反駁道。

「阿母不是早就跟你說過了，如玉是童養媳，養大給你作某用的，她人乖，做事又勤快，對阿母又百依百順，誰不讚她好，說你好福氣，幾世修來的姻緣，你呀！是人在福中不知福，聽阿母的話總不會錯，乖兒子！」阿緞一口話說來清楚，清仔無得回應，看他靜默再趁勢加緊著說：「人說，娶某最要緊是娶『德』，會幫你持家，讓你無後顧之憂，你這個做查埔人呀才會輕鬆，你愛水查某，你在外面認識的那群，只能在外面玩玩，帶回不了家的，阿母也是查某，最了解查某的貨色了。」

知子莫若母，阿緞哪裡不知道清仔嫌如玉沒有外頭那些女人的騷媚樣，對血氣方剛的年輕人來說，婦容遠比婦德來得重要且具誘惑力。

成婚那日，如玉薄施胭粉，原本瓜子臉的她襯得五官更加秀麗突顯，來看熱鬧的人沒有一個不誇新娘漂亮的，阿緞更是愈看愈得意。酒席上賣米糕的阿川也來吃酒，新人敬酒到他這桌時，他起身道句：「如玉，祝妳幸福！」說完一杯杯的黃水大口大口的吞飲著，雙眼布滿紅絲，國字臉脹得通紅，如玉看著，只是不忍，拉著清仔的西裝袖口匆匆移走到別桌。

送走客人，如玉洗去臉上胭粉，換來一身淨秀，清仔喝得一身酩酊大醉，他看到如玉低眉地坐在新床床沿，憤憤的拉著她往門推：「出去！出去！」如玉不期然他會如此粗暴，更不曉得自己哪兒做錯，心中駭然，阿緞在隔壁房聽到聲音，出來一探究竟，看到如玉孤零零的立在門外，她走向前敲著新房的門叫道：「清仔！清仔！快開門，今晚是洞房花燭夜，你不讓如玉進去，她要睡哪兒？」阿緞的五指掌拍得門板震震作響，清仔再藉故酒醉不醒，那是說不過去，他開了門含糊的探頭對阿緞嚷著：「阿母，作阿兄的怎可和妹妹同床？」

阿緞趁著門縫一把推如玉進房，大聲的對如玉囑咐：「今天開始妳就是清仔明媒正娶進來的太太，妳不用怕他，有我給妳靠。」

說完轉身就走，腳步聲沒了，門又開了，原來如玉又被清仔推出門，這次還扔出了紅牡丹的大枕頭和繡著一對紅豔豔鳳凰的大棉被，阿緞聞聲而來擁著欲泣的如玉說：「沒關係，有阿母在。」

「清仔，你如果還認我這個老母，就讓如玉留在房裡，否則，明天你就幫我收屍吧！」阿緞一把又把如玉連被送進房裡，她呢？也沒敢立刻走開，怕如玉又被推出來，所以索性在門口邊靠著牆聽動靜，幾分鐘過去了，門裡門外全沒動靜，阿緞想莫非清仔想通了迎她入洞房了，好奇心驅她彎下身閉左眼好讓右眼更集中目力朝鑰匙孔看去，一張新床上只見清仔西裝未解被也沒蓋的攤成大字形睡著了，如玉呢？怎麼不見她呢？該不會坐椅上吧？唉，也不管了，某都娶給他了，久了，他自然會要她的，倒是如玉這邊，叫她要多忍忍。如此想著，腳步不自覺的移回房間。

＊　＊　＊

金玉對如玉這個大嫂的黏膩是有增無減，心裡的話一股腦兒的只找她訴，常常是窸窸窣窣的也不知說些什麼云云，就是有那麼多的話，一個讚歎、一份驚喜或整心的失落都是話語源源不絕的來處，連阿緞這個作媽的都成了局外人！

清仔後來是接受了如玉，但對如玉他仍常揚言：「別以為阿母說妳孝順，妳就有靠山，外頭仍是有好多女人要嫁給我的！」

一開始，如玉聞言只是靜默，低頭做她的活兒，那也是泰半因為她沒善盡妻子的職責之故，成婚好些年了，她始終沒懷孕，一、兩次好不容易有喜了，又因家務勞累體質太弱給流掉了，她心地寬厚，是凡事只怪自己的人，因為沒有給清仔生個一男半女，所以對他的牢騷斥責她多半沉默作答，是自己肚皮不爭氣。清仔其實就氣她這個性，什麼話都往肚裡吞，肚裡肚外隔張皮，他向來欠缺耐心，可沒興趣去引她說話，所以跑船的時間更多，偶而回來就丟兩條活跳跳的魚在水槽，表示略盡戶長之責。

其實，家中大小支出仍靠如玉清早賣豆漿油條麵包、下午賣麵食銼冰冷飲維持著，阿緞呢？午覺醒來有空則在鐵盒裡取幾張大鈔到附近玩檢紅點，晚上回來吃頓飯洗個澡也該上床了，一天是很好打發的。

中午兩、三點的午覺時間客人最少，忙了一天的如玉才稍稍得以歇息，坐在竹椅上，趴小桌打個盹，日子也含糊過得快。睡不著時頭腦尤其清醒得厲害，前塵後事全湧了上來，一生所靠的良人如此菲薄自己，婆婆呢？對自己雖不惡，但媳婦和女兒到底有所差別，何況她這個素有「黑貓」外號的婆婆，專制能幹有些小脾氣在鄉里是眾所皆知，否則也不可能操練出她如玉今天裡外兼顧、孝順又懂事的好名聲，好幾次，真的，想掙脫這些莫須有的負荷束縛到遠遠的地方走出自己的路，運氣好，也許可以再遇到一個真正疼惜自己的人。

一日復一日，同樣的怨尤，不變的淚水，沒人曉得，只有她獨力承受種種合理與不合理的待遇，金玉雖只小她六歲，但她的處境金玉是無法體會的。再深思，她真捨得下？阿母雖不是自己的母親，但養育之恩大於天，反哺報恩這些做人的基本道理她是懂得的，想當年阿母兩手拉著她和清仔，背著金玉逃空襲，一身囊空，金玉年紀小，捱不住餓，嘩啦啦的哭起來，阿母心疼女兒涎著臉向別人要些吃的，「別人是欠你們的呀！討債鬼！」那句狠話她永遠記得，那麼沒度量的拒絕，她眼淚都快滾下來了，那麼艱苦的歲月阿母咬著牙度過，現實告訴阿母，任何事都要先求自保才能考慮到別人，他們三個一個個拉拔大了，阿母這套人生哲學卻牢牢的套用著，應對進退上不肯脫手。

就是不忍呀，不忍丟下阿母孤單一人哪，她真的一走了之，阿母就真的全沒憑仗了。

後來經人介紹抱了富子回來領養，有了孩子的哭聲，這個家才算完整，富子清秀可愛，家裡的氣氛才逐漸活潑起來，如玉向來慈悲為懷，但絕不寵溺孩子，她待富子如己出，清仔那邊她是不再費思擾心了，當沒這個人似的，她一心一意照顧這個家，他全看在眼裡，再有所指責，是雞蛋裡挑骨頭。後來幾年她又抱阿欽、阿輝兩小男嬰回來，也以愛心餵養，省吃儉用存點錢買了間瓦屋。

時間一晃過去，自己也快四十了，清仔仍是一付浪跡天涯兩袖清風貌，在外不順意回家仍跟如玉大小聲：「外頭有一堆女人要嫁我，妳別太神氣！」

如玉熬了這麼些年，對付清仔也略有心得：「去呀！要再娶去呀！我可沒攔你，別以為跟著你我日子好過呀！你以為那些人真看上你什麼？你有錢的時候人家稱你一聲大爺，落難的時候看人家還理不理你，你以為那些女人真會為你生子、煮飯、為你侍奉老母？你睏冏睏，不要做夢，我是個傻瓜，所以逃空襲時才不知道該逃離遠遠的，還綁在你家給你們做牛做馬！」

清仔愣住，沒想嘴笨了三、四十年的如玉竟然伶牙俐齒起來，清仔自知理虧，沒站穩腳，因此靜默了下來，只拿她看著。

原來，如玉不是一隻不會啼的雞。

* * *

金玉嫁得近，當初阿緞圖華正是個單身的唐山客，沒父沒母多好，女兒可以自由去來，以後萬一和清仔嘔氣，自己也可到她家小住幾天，而且，華正這個外省仔當初對自己百般討好，又有份餓不死的公務人員工作，所以放心的把金玉交到他手上。華正在警局服務，仕途還算順遂，好歹金玉也沾個名，金玉小時候曾給一個過路瞎子算命，說她將來是夫人命，倒多少應了他的話，她一得空即拎著一串孩子回娘家，找如玉東聊西扯，誰不說她們姑嫂感情最好，一個有度量，一個重感情。

倒是清仔身體一天不如一天，胃痛鬧得兇，骨瘦如柴，胃還沒治好，肝功能又出毛病，成天沒精打采，也沒氣兒出門蹓躂，躺在床上唉父叫母的，這下可好，如玉忙生意、孩子、阿母外，還得侍候料理他，他那群狐群狗黨的酒肉朋友也一個個消失，連個鬼影都不見。再怎麼苦，她裡外都要當個強人給人看，富子也已一朵花的年紀，多少能照料生意，如玉託個人到醫院問診，醫生說下身是胃癌，上身是肝硬化，總而言之，就是只能拖著。平日，清仔待她雖薄情寡義，而一夜夫妻百世恩哪！再怎麼差，她這一身也只給他這麼個人，一生也全給他們家，她如何再怨他，她當是自己上輩子欠他這輩子來還，所以無論如何她都要自己好好的盡忠職守。她是相信因果的，她上輩子沒好好修，理應落到今日下場，怨不得人。

揩著淚，她把清仔送回家，早晚為他服湯送藥，病一發，他痛不過，三字經粗野話放箭而出，像衝著她來，她只是默默受著，不吭一聲。痛得發狠，清仔要如玉幫他注射微量的嗎啡止痛，如玉不忍心他痛，拗不過他，當了他的特別護士，時時刻刻都需要她，清仔這時才真正覺悟到，他母親阿緞給他討了房好媳婦，如玉從沒和清仔如此真實貼近的生活在一起，真的像是夫妻了，這大概就是所謂的倦鳥歸巢吧。她覺得「貧賤夫妻百世哀」的古諺只對一半。

＊　＊　＊

夫妻哪有不吵嘴的，一開戰，娘家自然是金玉最好的消氣處，如玉那身忍性耐功，對金玉來說是別人家的衣服套在自己身上，怎麼穿怎麼拗，這跟從小是么女，大家都讓她三分有關，一有委屈就踩著鐵馬，前槓一個、後座一個、背上一個、肚裡挺一個的回去找如玉訴說華正的不是與自己心中的委屈。留個老大唯忠在家，唯忠是個男孩，華正視為麟兒不說，阿緞那家卻當作寶的疼在心，男孩不若女孩認命順服，一寵，性子就難調教，總得好說歹勸的才就範，「養兒方知父母恩」，做父母的人知曉這句話的時候，不是子欲養而親不在就是愛在心裡口難開。

清仔對阿緞的態度隨著臥病的時日而和緩，不再粗里粗氣的大聲小叫，對妻子如玉也較能以夫妻之情相待，對小孩也頓時慈愛許多。

一天，神情稍微好些，答應富子的婚事，沒多久，拖不下去，也就過世了。

出殯那天，阿欽成了戶長，裡外應對，捧著清仔的牌位一路走到墓地。可憐的如玉一向體弱身虛，卻又十足堅強，她不哭不嚎，如往常一般俐落的處理善後，還得安慰哭得死去活來的阿緞，「白髮送黑髮」叫人哪不傷心落淚的，清仔雖然浪蕩一生，卻也是自己懷胎十月身上撕下來的一塊肉，他人活著，雖不常在家，但家裡多少有個查埔人在，阿緞從清仔病危就天天落淚，人一斷氣，她更是淚如滂沱的哭，兩隻眼睛每天不論何時都是紅絲絲的。

「阿母，莫要哭，人死不能復活，凡事想開些，受病折磨，就病人來講，精神、肉體都痛苦，我們活人只是自私的希望他多陪我們久些，其實對他們來說是生不如死。」如玉所能做的僅是在言語上勸慰老人家。

「真的嗎？死了對他們來說就是解脫了嗎？」說到清仔的病可以減輕甚至掃除，阿緞的嚎哭才改成嚶嚶啜泣，到底是自己的親兒。

出殯那天，阿緞拿根木棍捶打幾下木棺，不清楚的念著：「你這個不孝子，你這個不孝子，把我一個老人家留下，你先逍遙去，你這個不孝子！」後來語音糊成團，扶著棺痛哭。

棺被抬走了，走向山坡那一頭，樂隊吹打著驪歌，如玉看著看著，想來這一生就給這個人，連走都叫人牽腸掛肚，丟下一個老母、三個未成家的孩子，裡外全靠她一人張羅，真的是前世的債喔！眼睛轉也不轉，滑下兩行熱淚，身子一軟，倒地昏了去。

華正職務易動，奉派中部，金玉一家從東部搬了過去，阿緞素來歡喜熱鬧，沒了個兒子，女兒又不在身邊，這下更加落寞，索性也把老家賣了，領著如玉一家到中部找金玉，一時沒買到適宜的房子就暫且住在一起。一大家熱呼熱呼的同聚一室彼此有個照應，也省去相思的煩。這一年如玉操勞的身體才得以休息，近五十的人做起家事叫人妥貼到心裡頭去。

＊　＊　＊

在臺北的堂姪媳幫阿緞伯母找間頂樓兩房公寓，價錢還算合理，如玉一家搬了過去，有陽臺的水泥新房，不大，但到底是屬於自己的，有紮實感，和鄉下瓦屋比較起來，當然要城市化，這當然也得拜社會安定經濟繁榮之賜，和日據時代的清寒微薄，當然不能相提並論。

如玉是勞碌命，為了裡外兼顧，她在家裡當起褓姆帶嬰孩，再則可陪侍阿緞，難免她會埋怨輕嘆：「阿母，當年妳如果捨得讓我多念點冊，今天說不定我也有個一官半職可做，妳跟著我日子也會比較好過些，不用吃那麼多苦。」

阿緞心虛的知道，人的自私往往是自我限制，到最後吃虧的還是自己，這幾年經歷人事的波波折折，她不是沒有悔過，是向來要強好面子的她不說出口罷了。

年歲愈高，阿緞內心愈覺得空，對如玉，她有很深的依賴情感，也有更深的歉意，人前人後誰不羨慕她的好運氣，有個似女兒貼心和似兒子養家本事的好媳婦。

＊　＊　＊

夕陽的黃色金光懶懶的灑在陽臺上，溫暖的色澤叫人眷戀，如玉坐在陽臺上專心的縫合襯衫鈕扣，早年操勞過度，她腰酸背痛的小病不斷。阿緞往金玉家小住，夜裡獨自過馬路，竟遭小伙子的飛快機車橫撞，意外去世已好些年，原就人口單薄的家這下更見冷清。阿緞平日雖專制霸氣了點，孩性的天真仍是有的，都已七十好幾的人了，一天，心血來潮喃喃自語道：「哪天等我老了，我就要…」話未畢，旁的人全笑彎了腰，驚得她以為發生啥事兩目發慌，人年歲一大，性情上真的愈返璞歸真。阿緞這一走，連嘆氣的對象都沒了，趕忙催長子阿欽快快娶某添丁。阿欽質樸口拙，憑媒妁之言，交往了一個三十出頭的小姐，家裡賣瓦斯的，家境不壞之外，也自然練就一付幹練的明快，雖只初中畢業。如玉說，既然兩個彼此都不討厭，感情自可培養。

幾個月過去，如玉託人到花蓮女方家說媒去，日子已定，金玉跟著興奮起來，人逢喜事精神爽，稍稍掩去華正得慢性腫瘤的憂傷，她知道如玉手頭空空，連忙標個會送上臺北做阿欽的娶某本，母親一走，姑嫂兩人更加親密黏膩，一見面所有綠豆芝麻酸苦辣事說道訴盡都已天亮又下午了，女人家就是有這麼多的話說，真是天生俱有的語言稟賦。

珠鶯在一切從簡但也不失禮數的鞭炮鑼鼓聲中迎娶進門，新娘一來給沈悶的起居攪動新的氣息。如玉對這個媳婦全沒婆婆的架勢，她懂當媳婦的苦，不願自己的委屈在這個女子身上重現，她體諒別人為人著想的細膩仍沒變，一點也沒媳婦熬成婆的坐大僥倖，對珠鶯以心相待，得空也搶著做家事。還好，珠鶯也是喜歡說話解悶的人，對婆婆心裡亦存敬意，料理三餐，閒餘找些零件從事家庭代工賺外快。

「這阿欽呀！小時候頑皮又好動，常被修理，他的小名——阿氓——就是這樣被叫來的！」如玉回憶道。

珠鶯聽得咯咯笑，得知丈夫童年「紀錄不良」，母愛本能自然展開，阿欽永遠是婆媳倆百說不厭的話題。如玉知曉，媳婦亦是別人家的女兒，要好好相待，在她身上看不到阿緞昔日當人婆婆的霸氣專橫，對待媳婦卻存著當日自己為人媳婦凡事委屈求全的體貼心態。一向依順慣了，她學不會和人對峙爭抗，也不慣求人，她的生命哲學是若水的堅韌，態度又是何其的委婉，一如風中的蘆草，折腰只因順風。所以，再大的風雨臨到她面前都成了船過水無痕的宿命自然，她卻常自歎道：「天公疼憨人。」

＊　＊　＊

比起阿欽，金玉的老大唯忠要叫人傷腦筋多了，論相貌、體格、靈活，唯忠的一切外在條件都比阿欽好得多，加上從小在家就是個小霸王，憑恃這些具體卻又抽象的特質，養成唯忠為所欲為做事欠三分思慮感情容易衝動的不穩定。他慷慨大方，熱心又具正義感，做別人家的事永遠比自家的事火急，這麼有人情味的人，又叫人永遠把責備他的話減了三分量。他人只要到臺北，一定去看望高血壓心膜擴大的如玉，對這個舅媽他除了親愛之外，還有更深的敬意，他總認為金玉疼他寵他，但不了解他，倒是如玉舅媽明理多了，和阿欽表哥又是自小穿開襠褲長大的，仗著這份貼心的親密，他到如玉家當然有跟回家一樣的自在感。

男人到底是粗率多了，唯忠四海皆兄弟的胸襟疏忽了舅媽家多了個大嫂，他和她只不過是表姻親。那天，他率性的本性又浮了，向阿欽借了他平日討生活用的計程車，上次他借車不小心把車擦傷了，不知珠鶯耿耿於懷，對這個丈夫的表弟早心生不悅，這次新車說是她向娘家借款買的，她當然有權挺身反對。

「一下就回來。」唯忠商量道。

「上一次你不也說只用一下嗎？結果還不是去了半天，還把車擦傷了。」珠鶯戒備得更嚴。

「這一次保證一定安全回來。」唯忠知道上回不對的是自己，但是他總覺得珠鶯把事情看得太嚴重了。

「不可以就是不可以，這個新車，可是我向娘家借款買的，每個月還得還好多錢，不是鬧著玩的！」珠鶯嚴辭的拒絕。

唯忠正處低潮，工作不順，他的烈性一下被挑了起來，怒目張視，從小到大如何被外婆阿緞和如玉舅媽寵護疼惜著，今日竟落到被一個外面進來的女人教訓，氣不過，情緒的一掌落在珠鶯臉頰上，珠鶯發瘋似的狂叫，不甘示弱的抵抗回打，小几上的茶杯掉在地上碎成一片。

「好了，好了，不要再打了，不要再打了。」如玉慌成一團，要拉架，力氣不夠，責備誰都不是，手心手背都是肉，她只會站著乾著急。

「妳神氣什麼！有部車多了不起？臭女人，我買一部比你更上道的車，妳等著瞧！」唯忠傳統的觀念中，女人的地位是依附從屬男人的，他周遭的人上自母親下至妹妹、女友誰不敬讓他三分，他開了門，用力拉上鐵門即快步下樓去。

「你再來呀！再來呀！看我拿菜刀宰了你，以後你們家的人都休想再進這門！」珠鶯婚後體重直線上升，已有中年人的體態，持著從廚房拔出的菜刀追趕出來，喘著氣對樓梯口喊叫。

如玉撫著心臟跌坐在沙發上喘氣，她知道這一吵，事情可鬧大了。

＊　＊　＊

秋日的斜陽懶懶的拖著尾巴暖得人微沁出汗，如玉立在「再來平價中心」出口處，閒閒地看著不遠處的綠草涼亭公園，輕風徐來，她覆額的稀白疏髮冷不防的抖動著，目光一時收不回來。

突地，她憶起什麼似的，匆匆轉身進屋，拿起電話就撥，清清喉嚨道：「是金玉嗎？我是阿嫂，珠鶯他們一家大小都回花蓮娘家去了，就我一個人看店…生意哦…普通啦…可以過日子就是啦…下午比較少人買東西…金玉…妳莫要生氣，不是我不和妳聯絡，我現在吃、穿全看他們的頭面，連生個病痛都得伸手向人家拿錢，這間底樓和店面也是珠鶯向娘家借錢周轉買的，這些年來…唉，我哪裡是不想你們，我心中想什麼妳難道會不知？我是有苦說不出…身不由己呀…每次想到我們要見個面，打個電話都像見不得人似的偷偷摸摸瞞著珠鶯，當初怎會想到娶了個媳婦進門會使兩家失和呢？…想來…腸都快絞斷，我又能怎樣？…咦，他們好像回來了，我不再多說，下次再打電話給妳，妳莫要怨恨…自己的身體好好保重，再見啦！」

「卡嚓」一聲，電話掛斷。

夕陽的餘暉斜斜的拉進陳物架上，珠鶯拉著小兒子笑笑的走進來：「媽，今天生意好不好？我一趟車回來累壞了！」

「你們回來了呀，親家母還好吧！今天生意差不多啦！」如玉陪笑著輕輕應答著，俯下身看電話有沒掛好的剎那，順勢把眼角的淚拂了去。

她知道，黑夜即將來臨，一天，又將結束了。

〈刊載於《明道文藝》79年元月號〉

榕樹上的豬頭

……樹顛一公尺高的地方有燐燐微火，學弟說的豬，我沒看著，我瞧見的微火，學弟倒也看到了……

來這營區已經快兩個月了，一切尚能進入狀況，而且竟還有些「駕輕就熟」呢！除了睡眠短缺脾氣容易上火外。

豬，你看過吧！人說「沒吃過豬肉，也看過豬走路」，我務農的家就養了一群黃雞白鴨，牠們常在圈裡踩著糞屎「雞同鴨講」，雖然一句我也「聽攏莫」，倒是看牠們那付欲語還休樣，想八成是眉目傳情來著。我家沒養豬，對豬，卻有一份特別的喜愛，大概是卡通影片上豬小弟、豬小妹美化了牠們肥腫的身軀。忘了告訴你，我在這兒竟被上級派來養豬！豬，我沒養過，對牠的認識全從課本上習來的，入伍的兵種是通信無線話務兵，上兵耶！和「豬」八竿子打不著關係的，為什麼來養豬？大概和我所學有關，以前在學校我念的是畜牧獸醫，服役下部隊受令與豬為伍，多少有些「學以致用」吧！

剛開始只要靠近豬圈，風一吹來，整個人都快噁出來，「其臭無比」四個字尚無法形容。每天一早一晚我都得和連上弟兄到廚房把擠搾豆漿過後的豆渣和廚餘餿水運到豬圈當飼料，時間久了，豬圈似乎沒以前臭了，而且還挺自然習慣的，一天沒到這兒一次，還覺得怪怪的，這大概就是古人所說的「如入鮑魚之肆，久而不聞其臭」吧！這兒的豬，肥了不是宰來吃要不就外賣，萬一不小心養死了，就埋在豬舍後頭地方。

我們的營長對我們還好啦，只不過脾氣稍微硬了點，不信邪的，他說他軍人父親從小訓練他一身是膽，是鐵的紀律，他說軍紀是不容妥協的，營長姓祝，背著他，我們都稱他「小ㄓㄨ」，把四聲改成輕聲。

營外有一棵老榕樹，肚圍五、六公尺，榕鬚垂了一身一地，活像老公公，上任營長用水泥圍了個矮圈，還繫上紅布條，遇上初一、十五節慶還焚香燒紙保佑平安一番。咱們的「小ㄓㄨ」是不信這碼事的，人去祭拜樹？這對他來說，不僅是怪力亂神迷信加三級，還是違反理性科學的渾事。

那天，吃中飯前的上午，在動員庫前站崗哨的學弟突然慌慌張張跑來廚房喊我：「余學長，余學長，快！快！」

「快什麼？」看他一臉蒼白，我也跟著緊張起來。

「豬…豬…豬頭…」他口齒不清，斷斷續續。

「什麼『豬頭』？豬怎麼啦？」我試圖安撫他。

「豬舍前的樟樹上有…有…有好…多豬頭在晃來晃去…」他嚥下口水一口氣說完。

「豬頭在樹幹上晃來晃去？」這簡直是笑話，豬爬得了樹上？這和「緣木求魚」一樣是不可能的，但我還是緊跟著他到現場。

他仍指著樹顛嚷著，「豬…豬頭，豬頭飛來飛去！」受驚的眼顯得更細更小。

我定睛一看，樹顛一公尺高的地方有燐燐微火，學弟說的豬，我沒看著，我瞧見的微火，學弟倒也看到了，真是奇觀，樹上會冒出火來？待我們踅回找「小ㄓㄨ」營長來時，微火和豬頭都不見了。

「大白天的，腦子保持清楚！」「小ㄓㄨ」營長吼了一聲就回去了，留下心中微毛的我們。

那件事之後的第三天晚上，我正在廚房打理豆渣廚餘，阿兆先載一部分餿水去豬舍，沒三分鐘，只見他腿軟臉青的跑回廚房抱著彎腰舀水的我說：「阿余，豬舍，豬舍，豬…舍…」

「豬舍，到底怎麼啦?!」阿兆的手勁很大，我的肉都陷了進去，會疼的。

「我剛去豬舍，豬舍離地一丈高的地方，有許多人晃來走去，阿余，我八成看到鬼了！」

我聽得毛骨悚然，屋外漆黑，除了天邊殘星幾點，我去是不去？這可不比得三天前大白天看豬頭的新奇熱鬧，但自小是家中長子的我，雖然害怕，在很短的時間內，仍用最通俗的話鎮壓自己——「不做虧心事，半夜不怕鬼敲門」。挾著阿兆，我們出了廚房朝漆黑的屋外去，出門前，我在廚房的一角拿了根木棍，以備萬一。風在颼颼的響著，我心中一陣涼寒，要不是臂彎裡阿兆的肉是熱的，會以為我已成了閻羅王的子民。藉著豬舍樑下的小燈泡，我端詳豬舍的所有動靜，哪來的鬼？蚊子倒有幾隻，還有幾頭不睡的豬爭食的咀嚼聲，阿兆抱頭躲在一角，被我踹了一腳：「鬼在哪裡？」

阿兆微睜著眼，望向樑上，不想又號叫了起來，「鬼呀！」然後抱頭竄向營裡，被他這一喊，我勇氣倒來了，仔細搜看，仍覺無物才離開。之後，營中就不斷有事發生，營上弟兄逾假、違紀、或是貯藏槍彈的動員庫竟遺失裝備，甚至掉了六五式或五七步槍。營中開始有風聲鶴唳的傳聞，有的說豬舍不乾淨，八字輕的人看得見易受驚；有人說是「小ㄓㄨ」營長失了禮數，初一、十五沒備牲禮祭拜豬兄豬弟；冷落了營房側邊的那棵老榕樹。

尊重理性、追求科學的營長「小ㄓㄨ」逐漸動搖起信心來了，眼見營內弟兄連連遇事，所以，在眾人的慫恿下，他下令叫廚房的老伯在豬舍前備起三牲五果焚香燒紙，也親自為營外的老榕樹替換新的紅布條，小小的儀式完成之後，大家都安了心，鬆了氣，等待平安順利的好日子到來。

「報告營長：一連的弟兄吞食藥物自殺，枕頭下放著遺書，原因是為情所困，一時想不開。」

「報告營長：第二排林排長開著昨天租來的車出去值勤，車遺失在走道上，而林排長下個月退伍，這事該如何處置？」

「報告營長：補勤連的兵，怕學長晚上點完名利用夜半睡眠時間體罰慢跑，所以一再透肢體力耐跑，結果休克昏倒送醫不治，前晚夜半魂回來營上找鄰床的弟兄要他用過的軍毯！」

「報告營長：一名新兵捱不住操練，趁機逃亡。」

一件件接踵而來的消息，使自認為已「降格以求、委曲求全」的ㄓㄨ營長眉宇緊斂，人事已盡，為何事端頻起？且愈來愈大不可收拾，鬼神之說原是邪異，不可信也。緊鎖的眉頭下，營長沉默了，心中卻自有打算。

那日午後，營長下令我夥同連上弟兄，扛著斧鋸到百年榕樹下，綠蔭華滋的老榕樹有如百年古蹟，尤其他攲枝斜幹垂地的長鬚隨風搖擺，更添春意，我心生不祥，莫非營長他⋯⋯

「斧頭拿過來！」營長一聲令下，我一個命令一個動作的跨步過去。

「唑唑！」沒兩下功夫，營長手中的斧頭已砍斷橫長垂地的枝幹，修剪一番，老榕樹頓覺清爽不少，我們完事的回營去。

次日一晨，營長接到家中來電，他父親昨夜猝逝，要他快快返家處理善後，連上弟兄乍聽，各個咋舌不語，太多的意外與巧合，讓人不寒而慄，就不知「小ㄓㄨ」營長此刻心裡做何感想？

自此，對那棵老榕樹，我們總儘可能的繞道而行。

〈刊載於《軍中鬼故事》〔派色文化出版社〕81年9月〉

〈康原先生邀稿之作〉

輯二

驚豔

走在雨中

……他鏡片後炯亮的雙眼像兩個深不可測的無底黑洞，安靜的吸進盪在屋內的每一個聲音，包括驚歎與微笑……

《清大》的雨，是悲喜交響失戀女子的淚，打進傘內，只覺她不可抑遏的一股情瀉，早超過溫柔的邊緣。愛起來會痛的那種。

相較起來，《成大》織似的斜雨就來得曼妙清純多了，把古都特有的風味給編織了進去，一絲連著一絲，綿綿密密，飄著舞著輕嘆著，趁隙溜進妳傘下的小小宇宙，輕笑著，亦在躲雨，然後妳會「伊呀」的惜叫一聲——「裙濕了」，但心裡一點也不惱，卻覺得它冷濕中透著無言的溫存。猶如靜斂內向的筆友在火車站候到她的久待眼神，叫人不忍多觸。

愛上雨，那是最近的事，玻璃窗外，雨叮叮咚咚淘氣的敲打著，屋內散坐的三、四個男孩是筆友所上的同學。

他們的「風雨故人來」，其實，頭遭見面理該是「新友」才對，只是透過筆友的重點口述，彼此都有不太清晰的輪廓神交，其中一個甚且早成了她另一個「小筆友」。

文學、音樂像兩顆小衛星在斗室內轉繞著。

不免俗的，他們的話題從這兒開始，也該從這兒結束吧！而筆友他，始終，安靜的坐在角落，不發一語，而她顫動的唇與忙碌的餘光每掃到屬於他的一隅，似乎只看到「晦暗」，他鏡片後炯亮的雙眼像兩個深不可測的無底黑洞，安靜的吸進盪在屋內的每一個聲響，包括驚歎與微笑。

她真的沒勇氣再停住目光於他身上，怎樣的一個男生，她從來沒有實際且真確的認識過他！兩年來，對他來說，她始終像隻黑夜裡的螢火蟲，亮則亮矣，卻一直是捉摸不定，只新鮮於往高處飛，光弱了、滅了，甚且頭破血流的翼折了，一回頭，他那顆恆星，就得命定的永遠守在那唯一的定點？是不願移位，還是真的不懂得要變？

她真的生氣了，不信有人如此包容她。

雨中的榕園，清新翠綠且乾淨，像年輕激昂的生命。

「好棒——」她驚呼，把它的綠攝入心底，筆友撐著兩把傘遮護著，以防她胸前的NIKON淋了。

「好個小西門，就這個角度好了！」

他的傘跟著左移右進，她的視線最遠拉到小西門凌空的城角，最近落到鏡頭的十字格上調焦距，忘了看撐傘的他，更忘了此番情景該是哼唱〈走在雨中〉的好時機。

而筆友他，一直不多話，頂多問個有關愛情的題目。她知道，是她凝結了他的空氣。

「哼！你又懶了，自己的傘不用又要來『乘便傘』了，我撐得手都麻死了，沒那麼便宜的事，不給你乘！」右手邊高瘦的周哼叫起來，她循著聲音找起哪個是那「懶蟲」，原來是「小筆友」。

「有一次，我到《清華》，也是下雨⋯⋯」，小筆友不甩他早就鑽到周的傘下，自己回憶雨事道。

「你到哪裡不是下雨的?!」周搶白，狠狠的損著小筆友。

在旁的她噗嗤笑開來，忘了腳上的鞋早是水陸兩用的濕漉漉。

人生小劇場的幕落下，她知道也是提起行囊道再見之時，她早已學著不把自己的攀緣眷戀膨脹擴大，那種痛是看不見的帶傷，自以為心情已行到水窮處。不帶商量的，她把遊程濃縮三分之一，猶如她小心的節制筆友送過來的關懷眼神，卻見他們英姿的臉上，驚訝多過不捨。

「你們要趕paper，不打擾你們了，時間寶貴。」她委婉的推說，心是一直沒落實下來過。

「誰?誰?誰說要趕paper的?是誰?」

「誰?誰?誰說要趕paper的?說！是誰?」小筆友率先找起要趕論文的「禍首」，其他人也跟著忙碌的左右找起到底誰是要趕論文的忙碌者，逼問

「禍首」的責問聲此起彼落。

她立在他們群中，心，笑成一朵朵怒放的花。

噴！青春實在是首值得全力以赴盡情歡唱的短歌。

只是，她更相信的是緣起性空，好心情——等待與被等待，不會是永久的。

回程，雨小多了，小得足夠收起傘而不弄濕髮絲，依然是那個接她來的男孩，陪她走來時路。

一直到火車開動時，他一臉的落寞不小心移落在她疲怠的瞳眸裡，她才驚覺，除了「謝謝」，她什麼都忘了說，包括「再見」。

〈刊載於《臺灣日報》76年10月5日〉

畢業

……這樣一個以感性包裹知性的女孩直闖他心，
慌得他坐臥不是，心猿又意馬……

拍完碩士照，他是最後一個把paper交給教授的。

畢業典禮前三個月，指導教授看了他論文的資料大綱，蹙著眉趕著他說，文題不符，方向有誤，題目若不改，內容又不重新取樣舉證，恐怕得晚一年畢業。

他聽了，搔搔一頭少年白，魁梧的身子掩不住一臉具感染力的笑意，他心裡明白，對論文，他這陣子是分心了，卻不知偏得這般離譜，不是修補潤飾即可的小手術，而是必得大刀闊斧的打掉重練。

那陣子，他成天泡在圖書館，沈埋在一堆堆的文學冊集，和電子本科系的蟹形文八千里路的不相干。一得空，不錯過每一場文學講座，就為了那個叫楚夢的女孩，他要走進她的世界，必先熟悉她的天地。

那段日子他疲憊已極，對一成不變的單調，寂寞的十七歲時對愛情他懵懂又好奇，胡裡胡塗的大愛一場，鬧著要結婚，母親堅持反對，事情過後，一切就靜下來了，像狂風暴雨侵襲過後的肅然。

十年了，對擦肩錯身的女孩他都當她是過客，連正眼都少瞧一眼，而那個special的女孩正巧在亟欲尋求新鮮變化的闌珊低吟時刻出現了。楚夢，愛憎分明，連眼珠子都是意見，在必要時又馴服得如一隻貓的女孩，和十年前那個事事以他的思維為想法的稚佳全然不同。

十七歲，懂什麼？現在他這麼想，這樣一個以感性包裹知性的女孩直闖他心，慌得他坐臥不是，心猿又意馬。

在想她的每個時刻裡，集中精神在功課上是件困難的事，論文因此寫壞了，服過役的沉穩練達全走了樣，被指導教授叫去這麼一提醒，他這才驚覺她來勢兇猛。

冷靜了幾天，他用鉛筆給她寫了封長長的信，告訴她，因為她固執，愛哭，不會做家事又愛出狀況而提出分手的決定，講明：不再天天給她電話；不再她週日一早睜開眼就看到他限時的藍色信箋；不再見她⋯⋯

他謹慎的糊了封口，不安的把信箋投寄。

第一天、第二天過去，雖然他看到藍色話筒就想聽聽她甜軟的聲音；握著筆，就想攤開信紙跟她細訴思念的起伏⋯⋯一次又一次，他全克制住了。

一天天過去，他愈來愈滿意自己的理智戰勝情感，對自己，對父母，他都做了完善的交代。

他順利的拿到畢業證書，找到一份優渥的工作，搬離校舍前他把一綑綑的原文書寄回鄉下老家，除了簡單衣物，他就只帶著一本《小王子》和一個魚缸。

在租來的舒適單身套房裡，他最常也最愛做的一件事就是，陷在舒軟的水晶床翻看《小王子》首頁楚夢浪漫細膩的字跡——「給喬：此中有真意，欲辯已忘言。」

小王子問：「——馴服——到底是什麼意思哪？」

狐狸告訴他：「意指——造成約束——，一旦，你馴服了我，我們就將互有需求了。對我而言，在世上，你是獨一無二的，對你呢？我也是世上的唯一。若是你馴服了我，那我的生命就彷彿出現了陽光。」

狐狸說：「我要送你做為禮物的祕密就是：人，只有用心靈才能看得透徹；事物的精髓，光憑眼睛是看不到的。」「是你為你那玫瑰所耗費的時間，使她變得如此重要，對於你已馴服的對象，你永遠負有責任。你必須對你的玫瑰花負責——」

狐狸的話看累了，他再把視線投在茶几上，欣賞魚缸色彩鮮艷的金魚悠閒的游姿。當初要好時，楚夢託介紹人老遠把魚缸提到臺北，電話裡一再交代：「易經老師說養魚只能養單數，不能養雙數，不然，其中之一一定會先行離辭。」

楚夢的話他記住了，且記得牢牢的。

一年了，他對游魚習性的了解掌握隨著換魚的次數而愈加嫻熟，甚且，他堅持每次只養一條。

楚夢說對了，魚只能養單數，才能周全長久，他每天都在複習她的話。對楚夢，他自認瞭如指掌。

而唯一，他永遠不會知曉的是，在她讀完他長長的鉛筆信的夜晚，她隻身走進那晦暗陰濕的窄巷，躺在高高的手術檯上，兩腿張開高掛，麻醉針扎下不久，她緊咬的唇放鬆了，意識逐漸模糊昏沉，刀鉗針剪的金屬撞擊聲在她下體輕響。

最後，她僅記得的是，眼角淚水滑滴耳窩的冰涼和喬逐漸擴大的溫柔笑臉。

〈刊載於《中華日報》78年3月5日〉

137 畢業

紫色的吻

……想真正安定下來，開始宿命過一生時，

她才警覺到當時從她左手接來，

右手交出的男孩早就一個個娶妻生子去……

電話鈴聲急促一響，倩芯從床上倏然坐起，響在靜謐的夜裡，鈴聲太淒厲，快把人的心肺劃開鉤出般，這一驚，徹底把她從枕邊的夢鄉拉了出來。

藉著暈淡的床頭燈，她看看腕上的錶，雙眼惺忪，長針和短針疊在十二點的地方，來不及多作思考，她手一伸把床頭小几上的話筒提起，屋裡頓時靜了下來沒了聲息，像握緊了一個人的咽喉，再跌回原先的靜謐、安詳，因為太靜了，叫人忍不住又瞌睡起來，倩芯用習慣的嗓音，甜甜的「喂」一聲。

「喂，」那頭等也不等的回她一聲，接著說：「是小芯嗎？這麼晚了打電話過來，不知有沒有吵到妳，睡了嗎？」

雖是壓低的聲音，潤潤亮亮的流動感仍在一字一句中汩汩滾出，這一頭的倩芯頓時清醒大半，「小芯」，只有徐言敦敢如此不經她允許就暱稱她，以前在校慇懃之極，而她始終未正視的好人。對他，她實在是抱歉在心口難開，在大學眾星拱月的那段風光日子，她的愛情定義就是：建立在感官的相互吸引，一旦這種吸引力薄弱了，愛情也隨之消失，因此，一個人一生之中，少不得會有許多次愛情。就是因為這種尋求新鮮刺激的變化論，使得倩芯畢業前在男孩口中留下「欠心」的別號。

她倒不在乎，反正不招惹誰。倒是工作了幾年，玩心也沒了，想真正安定下來開始宿命過一生時，才警覺到，當時從她左手接來，右手交出的男孩早就一個個娶妻生子去，過起無大志的賢夫良父再平常不過的家居生活。連當年那個暴著門牙，一急起來話都說不清楚的小王都已是兩個孩子的爸爸了，倩芯這時才驚覺到韶光易逝。

一個人的生活，雖是自由，但少個噓寒問暖的枕邊人，日子一久，卻是單調與疲憊。三十歲了，不是她樂意選擇單身，到最後竟是單身選擇了她，這是當年怎麼也料不到的事，她這才一個個想起以前那些男孩對她的好來，有時，她會天真的假想，如果再回到從前，那⋯

徐言敦的聲音一點沒變，潤澤光亮又帶有彈性，倩芯精神一下全上來，徐言敦是個好人，能包容會疼惜，在大學時給他的種種難堪，他全不在意，難得幾年過去了，他還惦著她，就他好了，她在心裡這麼默默決定。

她坐正身姿，把話筒握得更緊，深恐一不小心話筒會掉落在地似的，清清嗓音柔柔的說：「是言敦呀！我還沒睡呢！你這通電話打得正好，說！怎麼想到打電話給我的？」

「哦！好久沒看到妳了，很想念，明天是禮拜天，想去妳那兒看看，好嗎？」言敦誠懇又帶感情的說著。

「好，明天，我在家等你，請你吃中飯，嚐嚐我的手藝。」倩芯愉快的放下電話，睡意早驅走了，倒是菜單一遍遍的在她腦海組合排列。

一夜在恍惚中睡去，一早起來，她把蜜絲佛陀鮮麗的色彩輕描在一張素淨的臉上，凸顯了輪廓的立體，亮麗且清爽，然後拉著帶輪的菜藍，踩著輕鬆愉快的腳步走進附近的生鮮超市。

廚房的排油煙機輕微的轟轟聲和著她輕哼的西洋歌曲，形成一組有趣的和聲，她費心的調理一切，就像她一早仔細描繪的眼線般，愈離眼窩的地方，筆力愈重。一盤菜，色香兼有，味，當然更是了，因為放進了她的快樂！她已少有的心情。

她一時愣住了，任自來水在水槽裡嘩啦啦的流，她到底在幹什麼？一個徐言敦，在學校連招呼都懶得打的人，今天會因為他一通電話而忙碌至此，等盼若此，鍋鏟以前不是她最鄙棄的嗎？她怎麼搞的了？

鮮味的五菜一湯，在格子餐布上更有家的味道，倩芯換上撩撥著浪漫氣息的紫色衫裙，時尚十足，坐在客廳等著十二點的門鈴聲響，她翻看流行雜誌，藉以調息繃緊的微亂。

——叮咚——

門鈴才響一下，倩芯忽地從沙發椅上彈了起來，提高聲音道：「來囉！」一腳跨出灑著白花花陽光的陽臺。

開門前，她兩手背在後頭做了個深呼吸，想著，待會要給言敦一個surprise，對，給他一個吻，嬌憨又淘氣，以雪前隙，讓言敦感覺到她是和以前不同了，她是多麼竭誠的等待他的到來，想到這兒，倩芯的臉像一朵盛開的玫瑰。

門一開，言敦休閒衫褲的出現眼前。

「言敦——」倩芯的身子推上，兩隻圓渾白皙如藕的手臂伸了出去，要環住徐言敦的頸脖，徐言敦身子後縮退讓，微蹙著眉，兩隻大手掌不安的垂落下來，右手食指指向他後頭的女孩說：「倩芯，這位是我的未婚妻，她叫廖貴美，那天不小心聊起才知妳是她高中同學，她說妳人緣好又有才華，好久沒看到妳了，吵著要送喜餅來。」

清芯兩臂懸在半空，頓時覺得臉上的蜜絲佛陀，正一層層的剝落下來。

〈刊載於《中華日報》78年3月25日〉

風說冷

……事後，總得有人得把走遠的愛情一話不說的再拉回來，
他們習慣這種存養愛情的模式，總是有人得先妥協……

網拍揮打，綠球飛速旋轉碰撞石牆，撞得痛了，球有些扁了，像洛那天咧著牙、抿著嘴，雙眼搭拉下來生氣的臉。

只黏合一秒鐘光景，球即循原拋物線反彈回來；第二次試球，力道一弱，球向偏斜，回不到原來的打擊點滾到窪地，圓圓滾滾的身體兩下就停住了。

她想，洛這次是真的生氣了，不理她了，每次兩人吵著要分手，沒有一次成功，不是她捨不得，就是他放不下。她習慣遷就他的孩性脾氣，就如同他對她的碎語感到親切熟稔般。事後，總有人得把走遠的愛情二話不說的再拉回來，他們習慣這種存養愛情的模式，總是有人得先靠攏。

於是，她走向球滾落的停點，俯下身，取球，胸口一陣悶痛，她把懸空的肘縮回來，按在胸口，總不能叫自己撿太多次球，她突然覺得委屈，眼底流著汗。

綠色的球被另一雙多骨節的大手取走了。「喏，給妳，妳體格好，反應快，有很好的先決條件，只可惜揮拍方法錯誤。」

她打開眼瞼，一個溫和的高男孩亮著一身雪白的運動衫褲在眼前，那樣的白讓她覺得溫暖，胸口不再那麼疼了。她違逆不得的跟著他揮拍，始終沒掌握好球的落點。

孩氣的臉一直在她眼前不停跳動。

「天色都暗了，怎麼妳一個女孩家還在球場上。」點牛排時，他問她。

「儘量點菜，別客氣，運動後最消耗體能，要好好補充才好。」他沒得到她回答，緊加一句，她覺得熟悉，對這樣的嘮叨，只是仍默然相對。

「我叫趙殷聲，妳呢？」他切著肉塊叉進嘴裡，不忘看她。

「我沒名字。」她抬起一對憂鬱的眼，緩緩的說。

「沒名字？沒自信的人才沒名字，妳知道嗎？怎麼可以沒名字？」他聲音大了起來，像被激怒，看到她瞳裡的驚然，才放低聲音抱歉的說：「對不起，遇見妳覺得投緣，才如此，我只是想告訴妳，一個人遇到挫折障礙總得想辦法繞道而行，不能就卡死在那兒，懂嗎？」

他把所有的溫存全放到「懂嗎」兩個字裡，她一句也沒有說，仍只是看他，眸光流動，他看到她心裡去？

如果一個人不懂得、不會，甚至不願繞道而行，是不是注定和快樂無緣？

如果每個人都學會一套見風轉舵的應世之道，「我執」被視為迂腐冬烘，那麼那些可歌可泣的史傳是不是要逐年減少？以致每個人過著相同的生活？追求不二的目標？每個人每件事物，都成了影印本？

她在心裡問這些話，只是沒讓他聽到。

「走，帶妳去吃冰。」高男孩已安排好下一個去處。

「對不起，不知道會在球場上會遇見你，所以沒帶錢出來，不好意思讓你再…」

女孩微汗的雙手不住的搓揉著白色運動褲裙，萍水相逢，錢，能拉近，也能拉遠一份距離。

「出來運動，一身便利的運動服，誰會多想帶錢？妳別放在心上，我說過，能相遇就是緣。」

「你對宗教有什麼看法？」女孩問了。

「宗教給人滿大的穩定力量，佛學基本上是靜態的，燒香拜佛偏重形式，我喜歡坐而言不如起而行，西方人的事在人為論，給人一種積極向上的光明感，懂嗎？」

從他的口頭禪，她知道他是父兄型的伴侶，從開始到現在，他不放棄的就是「拯救」她，亮一道光爍爍的陽光在她不快樂的深井裡，他自是懂得惜緣的道理。

這道陽光亮而不刺眼，沒有人忍心拒絕快樂與穩定的誘惑，讓人想走到它的焦距裡。洛一腳快踩進光圈時，那張臉，霎然顯現在陽光照到的另一圈，她警覺的縮腳而回，又是洛，她呢喃，閃亮亮的眼睛一下黯了下來。

女孩想走了，她害怕自己很快就習慣他的溫存、低語；習慣，是可怕的致傷力。

「怎沒帶安全帽？騎機車怎可不帶安全帽，現在車禍很多都是腦部受傷…」

她突然覺得他不是她要的那種type，但可確定的是他可以是個好丈夫，甚至是好父親。但，她實在沒多大力氣對他解釋她也只住這附近，機車可以咻一下就到，她意興闌珊的回：「知道了。」

她的冷然有時像座冰雕，遠看清涼，近觸會刮傷，就有一個大男生說她，她一句話，就可以打死一個男孩。

覺曉男孩受驚了，她遞上一個不見齒的微笑：「謝謝你，走罷！」

男孩的笑跟著她的笑轉。

「你家到了。」女孩笑笑的提醒，已決定從他的視線消失，謝謝他陪她走這麼一段路，很小的一段，但她覺得已經夠了。

對她來說，她的一大段是由許多一小段綴接起來的，她早習慣於開始等於結束。大概是邂逅的那份不期而遇讓她見證自己的存在，有新鮮的美感，淺嚐即可的點到為止，在對方只迷惑自己的情緒中結束一段感覺，所以，她就這麼經常讓自己從一個邂逅流浪到另一個邂逅，始終唱著不成調的歌兒。

「我住第二棟宿舍一〇五室，有事來找我。」他的眼光幾近乞求。

她甩著長馬尾，不忍回絕，輕輕的頷首，她的神態，讓男孩受到鼓勵：「我送妳回去，這麼暗了！」

「不了，你送我回去，我再送你回來，你再送我回去，我再送你回來，這要送到什麼時候呢？」她調皮的答他，詭異嫣然的一笑，留在他木然的表情上。

不待他答腔，車子發動，迅速的隱沒在黑黑的夜裡，夏夜的涼風唰唰的刮著她的耳，只有她清楚，她不願被安置，安置在某個點上，骨子裡流著追逐的血液，習慣於辛苦要來的東西。

洛，吸引她的，不就是這一點？

夏夜的風，怎麼也會使人哆嗦？

她叫了一聲「冷」。

〈刊載於《中華日報》79年1月17日〉

幫夫命

……更不會明白結了婚卻沒有丈夫的愛情惜疼，
而只有苦和淚的女人，
就像一朵斷枝離水的花，老得不僅快而且神速……

鏤花的木雕大床橫橫的置放屋裡角落，佔用了大半空間，床上一條泛黃的大被有份量的覆蓋在復亮瘦薄的身軀上，床尾擺著物品、報紙，因為是隨手扔放的，床上所能周旋容納的空間就更覺有限。

對著床轟轟作響的另一邊，是屬於廚房的抽油煙機。雖是清早，花花的夏日早不安靜的叩訪小屋，屋內陽光所到之處，形成一管光束，稍一翻動，只見光束裡的灰塵受驚之餘游移躍舞，漫昇一室，顯得屋裡有些不潔異味的凌亂。

難得的一個假日，該是銷磨在床上溫被睡回籠覺的大好春光，而可玫，不僅早早就起，而且洗洗搓搓煮煮燙燙不知已是第幾回了，日上三竿，疲憊像蟲子般咬著她的臉、手與腳，蓬鬆的散髮窩著一頭，癢得她猛抓。

「一天才開始哪…」她不禁的，對著嘩啦啦的水槽長吁了一口氣。

「卡」電鍋的按鍵彈跳而起，雖是小小的聲音，她卻敏感的驚醒過來，回到現實的意識流裡；是她一早用果汁機打碎，再放到電鍋熬爛給復亮的吃食熟了，她反射性的夾出不鏽鋼方盒，把盒理稠黏的液體倒進有耳可握的馬克杯，右手持著調羹翻攪著驅熱，拉把椅子捱到床頭。

復亮兩雙眼睛空洞茫然的張望天花板，瘦骨的身軀硬梆梆的成一字形，翻個身、移個位、吃喝拉都得她，而復亮回報她的是從他呆滯的眼神似乎還認得可玫是他的妻子，如果還有記憶的話，也僅存於新婚的古老歲月。

「老」在他腦海是沒有概念的，更不會明白結了婚卻沒有丈夫的情愛惜疼，而只有苦和淚的女人，就像一朵斷枝離水的花，老得不僅快而且神速。

對復亮不能言不能語一成不變卻逐漸萎縮的表情姿勢，她已經連瞧的力氣都覺得累，五年了，一千七百多個日子，外人看來就只不過是眨巴一下的事，對她來說，猶如一場不見天日的浩劫。

她吹著調羹上的熱氣，等涼些一口送進復亮微張的嘴，只見復亮唇上冒著鬍髭的嘴蠕動的咬合著，身子仍硬梆梆的直挺著。

「就這麼活著？繼續的活著？而所謂的活著就是會吃會喝會拉？」可玫看著面無表情的丈夫，困頓的在腦海裡打起問號。

* * *

「…都是妳，都是妳這個賤貨，我兒子好端端的一個人，娶了妳進門就被妳剋得這人不人、鬼不鬼的樣子，妳這個掃把星…」一下子，她被記憶匣的話戳傷激怒了，一串淚滴落到復亮凹削的臉頰。

再怎麼樣的苦她都受了，認了，和復亮這段姻緣牽扯，她咬緊牙根歸宿於命，但，不能平的是復亮他母親嚴厲又斬釘截鐵的怨聲怒罵，連讓她攀著走的欄杆都不願給，沒有打氣、沒有安慰，儘會諷言刺語的指責，她再也忍不住了，所有的委屈像洪流般直洩而下。

「誰說命定的？我還是可以開創我的未來呀！」可玫抽著鼻憤憤的想著。

「誰說我一定要服侍妳兒子一輩子！」可玫失情的狂叫而出。

「呣！呣！」復亮困難又努力的出聲。

可玫抬起頭，看到復亮的眼泛著淚光，那神情就像他們兩個第一次見面，復亮靦腆的不自在眼神，可玫心中一陣抽痛，整個人跌在復亮身上痛哭失聲。

她到底丟不下他呀！

那年，她二十七歲，以她清秀的五官外加國中老師的客觀條件，看過相親不下百人，始終沒遇上讓她合適順當的對象，那一次，常到學校兜售學生測驗卷的喜芳，為她介紹一個稱是吃苦耐勞又實在的男子，是隔壁鄉學校的數學老師。

見面第一次，男子告訴她，他家境自小清苦，所以家中孩子全數念師範，好不容易他畢業了，憑著幾年功夫買了棟房子，貸款差額還有兩百萬，男孩誠實以告。

「兩百萬！」她嚇壞了，從小家境雖不富裕，卻也衣食不缺，兩百萬，老天，要還上幾年呀？嫁給他就為了幫他還錢債？

她匆匆拒絕他，不再聯絡。

兩年過去，臨屆三十大關，一直還沒有屬意的人選，而父親此時又病危，母親常叨念在耳：女孩子不要太會挑，只要人老實可靠就最要緊，要不然挑來挑去挑到一個賣龍眼的，妳爸爸身體又不好，妳有適當的人選就結婚吧，小時候媽幫妳算過命，說妳命裡有幫夫命耶！妳再挑下去，真的會變成老姑婆。

母親的話威脅利誘皆有，是好意，女孩終歸有個好歸宿才算真正不白走一遭。二十九，的確煩人，她內心比母親更急，母親不知道。

那天，她愁坐辦公室眉頭深鎖，父親的一病不起，母親的催逼婚事，學生的調皮頑強，在在讓她抑鬱難解。

「嗨！陶老師，可看好對象了？」不知何時喜芳走近辦公室堆著一臉的笑招呼她。

「還沒哪！還得請妳多費心幫忙呢！」可玫一下清醒過來，看是賣測驗卷的書商喜芳，客套的推說著，說得含蓄，但意思又讓對方聽得明白，還是教書多年養成的社會化。

「好哇！就交給我來辦，只怕陶老師您眼界高，別人攀不上。」喜芳趁勢撥問著，全然一套生意嘴。

「哪是眼界高？都是緣分啦！沒有緣份，怎麼說呢！妳說是不是？」可玫跟進說，喜芳點點頭道是，作思索狀。

「不知陶老師您還有沒有印象？那個教數學的曾老師，人不錯，又上進，每個晚上都兼家教哩，人家他還記得妳耶，兩年過去了，他未娶，妳未嫁，再介紹交往看看好不好？不要一口回絕別人嘛！」

可玫在極端模糊的記憶中拼湊那張陌生的臉，一個憨憨的微笑？好一會兒，不禁對喜芳點頭說：「好吧！再試試看。」

幾個月過去，曾復亮挽著穿白紗的可玫踏上紅毯的彼端。

他的性情她都尚未摸清，連夜夜的溫存也只成清清點點，他的病就出現了，四處走訪名醫，幾經周折檢驗，才知復亮得的是「腦神經機能萎縮症」，直至全身癱瘓在床，吃喝拉全靠著她，她工作辭不得，復亮已無謀生能力，房子貸款尚未付清，家中大小開支就靠她，她白天忙著教書上課，空堂與午休快快趕回家料理復亮，傍晚一身疲憊回來就又忙他一人，假日尤其是，沒化妝品、沒新衣，只有一室的藥味與不潔的尿騷味。

三十來歲，一朵盛開的花，不久就褪了她原有的豔麗光澤。對可玫來說，所謂苦難劫數也只不過就是這樣，她是從一個圍城逃到另一個圍城。

「喁！喁！」復亮努力的發出聲音，可玫緩緩抬起貼在復亮胸口的頭，看復亮為了喚她掙得滿臉脹紅，她於是停止哭泣，靜靜地全心地看著他，伸出纖細蒼白的指滑落在他的眉他的眼他的鼻上。

「媽媽說對了，我有幫夫命，我有幫夫命⋯⋯」她喃喃的自語著，輕輕地拭去復亮眼角的淚。

〈刊載於《明道文藝》79年6月號〉

答案

……春天過去，古井仍舊回復到它最初的定止不興，
任憑探井的人兒傾身井口一聲聲血淚的吶喊，
等待而到的終究是回聲的再現……

拎著背袋，伊搭上開往沙城的夜車。

很長的一段路，孤單寂寞的得夜裡來夜裡去。

只為求證一個答案，在翻覆一千多個日子枕眠的夢與醒之間，伊要他回答伊最後一個擲地有聲「不」的極不願接受卻也最接近事實底牌下的符號，好讓伊，自己甘心地了斷對他日夜的扯心牽掛；好讓伊，心安的離他而去。

天地為證，不惜緣的是他，不是伊。

自此而後，伊的情感拼圖不再有伸向他的線道與驛站。

* * *

說是熟悉，其實是陌生的城鎮。

自始至終，對於他，其實，伊是不懂的，不懂得一個而立有餘的盛壯心，如何能朝夕安坐於山端採雲、水湄垂釣，把紅塵滾滾的繁絃急管、紅燈綠酒拋得遠遠的，就像從山裡走出來的人般無辜、純樸。但那用來溝通的言語呀，又簡明得叫人氣短，哲學得叫人流連，這一番來去往返，竟擾得伊離去比駐泊更苦，頻頻回顧換來更多心的折磨。

「以為是古井不波的心哪，卻因妳的叩訪而興起陣陣漣漪…」收到他端寫的墨字，伊一遍遍的琅讀在口，並鐫印於心版，不信東風喚不回，伊對自己面露微笑。

而畢竟——古井仍舊是古井，東風只不過是一季的光景，春天過去，古井仍舊回復到它最初的定止不興，任憑探井的人兒傾身井口一聲聲血淚的叩喊，等待而到的終究只是回聲的再現。

聲音迴盪在嘲弄、滑稽、叫人想哭的感覺裡。

要問個清楚，伊，仍是飛蛾赴火迢迢而來。

「我喜歡上一個人！」伊有備而來。

「同事中有沒合適人選？」他巧妙的避開。

「同事的年齡足夠當爸爸！」伊頑皮的一擋。

「那家人呢？不幫忙物色介紹？」他像在共商國是，參與且熱心。

「有呀！介紹了呀！來一個嫌一個呀！」她笑著回說，好鬆弛愈顯弩張劍拔的氣氛。

「我只喜歡你一個，我想嫁給你嘛！」伊乘勢追趕而來，話不說不明，迢迢路而來，懸在心上的，不就為了這句話。

他看了伊一回，很凝一的，而後低下頭去。

伊不忍了，屬於母性的包容，機智的緩和激越：「對不起，讓你消化不良了！」

伊望著他面前的那盤牛排致歉的說。

「沒有，我這生消化不良只有兩次，一次是在…」他侃侃而談，說起他兩次消化不良的狼狽窘脹經驗，同時恢復輕鬆的笑容和沈浸在記憶裡的緬懷情愫，這樣的一個人竟會是一所大學的講師？伊真的納悶了。

此刻的伊，心裡反倒有股放出去的透身恣意快感。

仍舊沒有回答伊的問題。

答案仍是有的，「消化不良」即是，和她心裡預設的雖不中亦不遠矣。變成他口中那份不好消化的牛排，想來滋味一定不好受，伊實在沒有當他口中那份牛排的勇氣。

* * *

「搭機辛苦吧！考慮得怎樣？答應我吧！」

「嗯哼！」伊輕輕的應答著，同樣簡短，伸向他的手指順勢被接機的男子體貼的套上鑽戒。

這是他們第三次見面。

「婚姻也許就是得生活的，摻不得一點哲學。」

「這樣也好。」伊喃喃自語。

〈刊載於《明道文藝》80年4月號〉

163　答案

其實妳不懂我的心

……他的妻，身肢更加柔軟，薄弱身軀所有的彈力，
幾乎全凝聚在肘下的一點……

舉起高腳杯，他臉上洋溢興奮的說：「來，乾一杯！」

杯裡裝的是蓋洛紅玫瑰酒。

味酸、澀，甜中帶點餿味，三人都是第一次喝蓋洛，忘了該加冰塊的。

他的妻，支著肘斜傾在他膝上。

他則坐在小木椅上，就著一桌生食火鍋的木几，有著君臨天下的寬廣博大。

她和他的妻就斜腿側坐地毯上。

他的妻，身肢更加柔軟，薄弱身軀所有的彈力，幾乎全凝聚在肘下的一點。

他沒撤退，卻也沒迎上，臉上露著微微不安的焦慮。

「吃呀！先吃花生，火鍋要沸，還得等久些，先吃花生充飢。」他的妻，瘦骨骨的，說起話來，卻精神得很，左手食指和大拇指像夾子似的把兩顆油亮飽熟的炒花生一併放進口裡咬碎，支著他膝的肘，仍是不動。

「吃呀！」聲音充滿似水的柔情，眼裡盡是無限的愛意。

她抬頭看到這一幕，他的妻正對他催著，仰著的頭專注的凝視他，像看一尊偉人的銅雕，帶著敬仰。

他有些遲疑的應著：「…好哇——」手指頭笨拙的在花生上來回的逡巡，像架急欲尋覓安全跑道落地的飛機，然後艾艾的問著——「就…這麼吃嗎？」

他用餘光掃了坐在他右側的她一眼，看見她的目光正落在自己花生盤上的手。

「是呀！我們平日不都這麼吃的嗎？用手抓花生吃的呀！你今天怎麼搞的！忘了呀？」他的妻，一下大聲起來，不過，聲音仍是疼惜的，支在他膝上的肘依然沒有離開的意思。

「不是啦！我…」他身子微微一傾，和妻子身子相反的方向。

她知道他老毛病又犯，於是伶俐地用手抓了顆花生含嘴裡。

「你瞧，人家賀小姐多爽快！」

他望了她一眼，遲疑的手很快的跟上她，揀了顆花生扔進自己的嘴裡。

* * *

「是梁祝十八相送。」CD唱盤才滑出幾個尖細的小提琴音符，她即隨口而出，高䠷的身影卻是悠閒的立在書櫃前，漫不經心的翻著書冊，沒想看他。

落身在黑色音響前的他，回過頭來找她，表情驚異，聲音失落：「真是內行。」

他甩甩頭，像要抖落沈痾，卻見妻正從廚房端著吃食走來。

這個邀約真是不易，他邀了她十幾二十回了，好不容易才請到她來他新婚的小窩，幾杯黃湯下肚，他臉上微醺，回憶卻像泉水般湧現出來：「──記得那次我們和阿良、小娟逛永琦，走到一半，妳突然天外飛來一筆說『兩年前的今天，我們見第一次面』…」

她跟著跌入回憶裡，一抹微笑在她嘴角盪開，青春可人。

「後來呢？」妻追問。

「後來…」後來這簡短的『兩年前的今天，我們見第一次面』十三個字，就把他深埋的魂思給震懾勾勒出來，原來，他在她心裡頭不是全著不上邊的，她原來也是把他放在心上的，他喜極欲泣，感動異常，登時衝上腦門的意念是，抱起她，對，就在車水馬龍的街頭，抱起她，轉個圈，狠狠的獻上自己守了二十多年的初吻。

可是，這突如其來的舉動，會不會太過冒失而嚇壞她？她會怎麼想？摑他一巴掌？然後拂袖怒目而去？不，不，她是他今生第一朵綻放異香的幽蘭，他寧可在她的氛圍裡遠遠守望著，也不願失去她，千萬個不願意。

於是，他剎時的衝動全化成更猛烈的傾慕融入他賁張的血液裡，日夜折騰，除了他自己，沒人知曉。

「後來呢？後來怎麼啦？快說呀！」妻見他無話，忐忑不安油然而生。

「後來⋯後來⋯後來我們四個人一塊兒去吃冰啦！」他急急轉彎，繞道而去。

「哦——吃冰去啦！」妻喘了口氣，所有的放心全安在一個長長的「哦——」字上。

她，深意的看他一眼，好久，似乎了然了一切，在兩千多個日子以後的今天。

〈刊載於《明道文藝》79年8月號〉

輯三

峰迴路轉

千轉不紅的楓

……吞煙吐霧的忘我，兩指夾彈著煙，
簡單不過的抽煙姿勢，在他做來，
反成了動人的時光，一個十足男人的特寫……

等他們的時候，她把背向著他們要來的方向。

她不要永遠是等待的姿勢，也尚無足夠勇氣敞著那道疤亮向陽光，儘管那疤的痂都快落了，然而，不小心碰觸到，仍如緊握的拳頭讓過長的指甲掐陷肉裡般，隨時提醒妳的痛。

後來，她真的感覺到他們來了，她把臉別過去，越過肩的眼力一下凝聚起來，MARCH新車是桃紅色，她看不清楚車內人的臉，但她不放棄，挨近車的同時努力的把視線落在搜尋的焦點上，離玻璃窗口三、四公尺的距離，終於拼出那輪廓。

他也在看她，有點倉皇的不自在，少了笑。

她剎時也忘了嘴角往上牽拉即可輕易的做出一個友善的身體語言，大概，一味的在自己固定的軌上跑跳跌，軌道永遠是沒有起點與終點的一圈，別人航道上的速度是快是慢，她自是不知，陌生的隙逐漸膨脹是無疑的。

「想念」是死的，當只擺在心裡時，一切都不足為提。

她拉著小韋韋的手，看了後座的他一眼，俯下身一頭鑽進車裡，對操著駕駛盤的排骨招呼道：「排骨！好久沒看到你了！」

在「你」的後頭她省略了「們」字，坐在她身旁的辛，即刻從她的單數主詞裡消失了。多久？四十九天，而她一直以為這個數字會跳增成百位數、千位數，終至一生。

時間會篩掉一切不真實的東西，不是嗎？

回不回頭看辛，並不是不重要，而是要把目光從他身上移開，那要有更大的勇氣。

一抬頭，一雙炯亮的眼有神的在駕座右上的後視鏡出現，她躲不及，只得迎上去，她知曉好不容易用時間扶正的心，又將告瓦解。

從放下話筒的那一秒起，她就更深切的覺得「要」與「不要」同樣艱難；激越、焦灼與不安像長腳的小蟲爬在她身上，更多的該是遮掩不住的喜悅吧！雖然，掛電話過來的不是辛，但她知辛亦將同行，開車的排骨不說，辛、她和打電話邀她的湯三人之間，一直存著諧趣的排列與追逐，它是個開了口的三角形，是她沒把手接到湯的手心上，使它缺了角。她知道，對她來說，辛是一條寬河，她是跨越不過，兩腳分立在不同的兩岸，兩側的岸卻疾迅往後退，她知道她勢必掉落水裡去。

從第一次交談過後，她已成了一個浮沈的泅者，在辛的河裡，而拒絕湯扔過來的救生圈。當然，湯是永遠也不會知曉被婉拒的基由何在，誤以為她是喜樂由激情帶動，情感訴諸理性的女孩，就在她說：「錯過總比空白好」時，他不放棄的追問：「那妳為什麼始終不錯上它一回？」

她把頭搖得厲害，卻不看湯，心裡壓的是不說比說好的話：「我是氣恨自己為何要等到自以為是最好的詩——才讀它，然而，我清楚的是你真的不是我交鋒的對手，而一旦我真的走了進去，湯呀！我絕不認為它是錯的。」

湯，他不會明白，他永遠不會明白這些，而所有的，辛，他都看得清楚，不僅他的靈慧，更多的是因為他曾將瞳裡的奕光流放到她眸裡，搭成一座彩虹的橋，那道七彩虹迷眩她，惑亂自己。

車，滑進省道了，剛剛健健的出門，回來的可能是沈到谷底的委頓，她不得不如是想。這種修復工作對她來說已不陌生，只怪她活脫得不夠乾淨，既有見面的衝動，卻無轉背即忘的俐落。

四十九天，七個禮拜，不至冰凍卻足以冷卻一爐從烘培機出來的戚風蛋糕，只剩形狀，沒有熱度。他的微窘不自然，她不習慣，但不陌生，第一次長聊就像今天一樣，他左位，她右座，不同的是今天中間塞著韋韋——鄰家的小娃兒。

一路上，她靜默著，一反平日的囂鬧多語，副駕座的湯不時回頭逗她，她困難的拉動嘴角，頓時發覺語言這個東西竟粗糙得她不會使用，還是什麼時候學會了把涼冷藏在沉默裏？窗外的排樹像一列肅整的憲兵疾速後退，也像她和辛兩人已過的交點……

* * *

「…我是重視過程的，有些事，機緣真是不可少！」辛篤定的說著，像說一個真理般投注，她聽進去，那像用了她的話。

「介意我抽煙嗎？」他炯亮的眼盡是溫柔的光芒，誰忍心不答應他？況且，對煙，她並不討厭，煙，常讓她有回到童年的感覺，小時候常坐父親抖動的腿上讓他吐出來的煙圈漫著，那時，父親吸煙抖腿說道：「男抖貧，女抖賤」，這句話掛在父親嘴邊半輩子了，腳卻也從沒安靜的擺放過，而倒真應了他說的那個「貧」字。

辛掏出美國煙，打火機「啪」一聲即燃，他滿足的吸一口，而後輕輕的吐出裊裊煙圈，煙霧後的雙眼顯得更迷離不真實了。線條本已靈秀的輪廓，因著說話的表情動作呈現的側面像一張網，網住受誘惑的人；吞煙吐霧的忘我，兩指夾彈著煙，簡單不過的抽煙姿勢，在他做來，反成了動人的時光，一個十足男人的特寫。

高長透明的落地窗在他背後映射兩人交談的側影，她在潔亮的玻璃看到辛的濃眉與她自己上揚的嘴角，他們在水晶宮裡，落地窗是膜，擋住風雨，護住他們。窗的外圍，順著簷，斷了的水線穿串著，就這麼琤琤琮琮的滴滑著，是水的呢喃，更像咖啡屋裡對飲者的心事，這一襲華美的水簾是夜的天使，褪去紛擾的紅塵，讓水簾彼端的人遺世孤立，只剩一對心契的人對酌高腳杯的液體，叫孤獨。

坐在辛對面的她，幾幾乎快被那道醺濃的幸福感淹沒了，她明白了，心泣有時是因喜。

「一向最不能忍受的是生別離，始終確定的是相聚是離別的開始，也許這一生，我們的緣，就僅限於這幾次的晤了！」她對辛說，像禪定的出塵者，只不過她更了然的是這話是說給自己聽的。

而辛，藉著彈掉兩指中的煙灰動作，極欲一迸彈掉那話帶給他的微驚，怎麼還沒邁步，便發現了一道心的懸崖？車還沒發動，就儘提醒你該在哪站下車？前一站再拉下車鈴不行嗎？

而她心裡再清楚不過，他的托福一出去，七年、八載都難拿準，今日的共享羹一杯，遲早會是葉瓣滿地的明日黃花。

是不是因為離別與重逢總是異數，所以就有一種呼之欲出的寂寞？

她是能熾熱、發光於過程的人，這並不表示她絕不在乎結果，她之所以高喊過程論，那是因為結果不是她所能掌握的。人都脆弱，何況美麗的言論往往是一時激情的產物，它能駕著千軍萬馬之勢橫掃而來，敵斬將殺之後又能如何？男女之間的愛情亙古以來千篇一律，天真得如一支神話？她淒笑著，笑聲裡透著早熟的絕望。

辛不懂，他當然不懂，就像他不懂為什麼「情人總是善於等待」的詩句般，也如她不懂他：「沒有存在價值即毀滅論」一樣。

他自信、自戀、物質傾向，如果有所回顧，那也只為撫慰自我小小的缺憾罷了，他們對天平上歸零的指數要求不同，對兩端砝碼所能達到平衡的重量感自是有異。

糟糕的是——他一直給她熟悉的心契感，識了他以後，她心中模糊的幻影陡然成形清晰跳躍而起；一個人跟一個人初次見面就產生一股熟悉感，到底是幸或不幸？還是她過份白描了這乍熟的感動？

「你獨具的氣質，使得你不同於其他男孩！」她對他如是說，不止一次的，而他，像接到一顆過大的褒獎大球，有些接承不起的嚷道：「其實，我和其他人沒什麼兩樣。」然後，藉著掏煙的動作來掩飾被知遇的重重喜悅：「介意我抽煙嗎？」聲音溫雅，眼睛專注著妳，他就是這樣，動作只有一個，而訊息卻是萬般。

* * *

「小韋韋睡著了，當小孩真好，哭哭笑笑吃吃睡睡，是不是？」湯回過頭來，看看偎在她臂窩的韋韋，找話題般對她說著，車子穩得叫人像陷睡在一張沈思的床裡，她的夢被搖醒，原來斷夢不難嘛。

她低下頭瞥瞧睡熟的韋韋漫應著「是呀！」，而後把自己的黑色外套覆蓋在他小小的身上，另一窗口的辛看看韋韋，也把他西裝絨外套拉高到韋韋頸間，這小小的動作，猶如一首慵懶黏膩的愛歌，使她暈陶起來，他是daddy，她是mom，而中間偎著的是他們的baby?

而光那一秒兩秒時間她就回到現實了，那是道永不可解的方程式，一如水之月，碎而且多，充滿了整個水面，待她把手探入水裡撈尋，開始明白最美麗的世界，永遠只可存在於心中。她乍然冷醒，幸福只不過是個短暫得來不及端詳它就逃逸的精靈，她卻常當它是雲床般臥著，用來舒展她過度的疲憊。

樊曾提醒她：「不要把一份偶然當成一種愛情或要求婚姻，那是帶有危險性的。」

她聽得淒淒惶惶的，如何躲過這一劫？她其實更明白，辛是一匹在草原上奔馳的馬，沒什麼羈縛得了他，除非他累了。愛情對他來說只為滿足自己，成就自己，一個讓自我駕馭的人，有時很具殺傷力，而她卻迷信直覺，將直覺視作一顆晶瑩剔透光芒耀眼的鑽石，而不見，光憑直覺是不夠的，是危險性的，她忘了精彩的東西總不長久的常理。

而她，就這麼自迷於她心中的那顆光燦的鑽，而這顆鑽在別人眼中很可能是一束光有姿態而無生命的乾燥花。

秋天，辛過生日，他邀她，星星眨眼的夜晚，他在文學院的松林小徑候著，蹺課的她陪他至逢甲夜市採買吃食，那是她第二次坐他機車，她一向怕快車，而他的時速卻從不少於七十，而在他寬寬的背膀後頭，她卻不記得什麼叫怕了，全交給了他，竟祈禱這條會是永無盡頭的不歸路。

夜市，說得徹底些，只不過是飲食男女的代名詞，熱鬧得無暇思及寂寞兩字，小販的叫賣此起彼落如搖滾樂，老是不按牌理出牌。人擠，她跟著辛，一會兒，辛不見她跟上，把眼睛尋了去，在一團團紅紅白白插立的棉花糖前覓到她，辛於是知曉她被誘跌到童年的時光隧道上，待她回神張望起辛來，一張笑得迷離的臉正等著她，她有些窘了，立在原位忘了走動，辛跨步過來適時拋來一句：「想不想吃？」她無可無不可只是笑，辛自顧遞給攤販兩個銅板，她舔吃著，快樂的神情腫脹著猶如她手中的粉紅棉花糖，她給辛白色的一團。「哇！真像朵泡腫的雲！」她興奮的叫著，舔含著，棉花糖在嘴裡全化成溶溶的甜，她一下悟了來，原來他馨柔的溫存與靈犀的慧黠就像那入口即溶的棉花糖，愈嚼味愈濃。

那次生日小聚，湯沒來，湯是辛的死黨，沒有不來的道理，她因此知曉她真的傷了湯了。

湯喜歡她的事是辛揭露給她知的，原意是試探，沒料她竟逼露著兩道絕冷的光在兩扇眉睫下，像被觸怒的母獅般，衝口道：「那是不可能的，我重視的是感覺！」她更多的不悅該是辛竟絲毫不查情於她，對湯的絕決是為了友好辛的印證？湯既沒有足夠的勇氣坦然在她面前，而包裝的手續又如此繁瑣費事，這就是湯索性不來的原因？

辛的四、五死黨也來，他們都認得她，她是唯一的女孩，她且以嘉賓自處，男孩們看著桌上的「黑森林蛋糕」全笑出聲，看來，她真的是唯一的外賓，原來，「黑森林」名字的由來，尚有一段美麗的因緣，那是辛後來告訴她的。

為了辛的生日，她把一下午的時間浸泡在一家家的禮品店裏，所有討人喜的擺設，她都想像式的掛放在他那藝術格調的斗室，而再怎麼適切，也不過是個不會說話的靜物罷了。時間耗溜過去，手中仍是空無，她的急寫在蹙結的眉上，她希望找個流動東西長伴他側，「叮——噹——噹——」耳裡乍響一群頑童推擠打鬧的聲響，她整個人被吸了過去，發現寶藏般雀躍。

「對！我要的就是這個！」就像她當初遇到他剎那心情般。

那是紫羅蘭色的輕巧風鈴，一長串碩果似的衍生著，她翼翼的捧著它，像捧著他的心般。

她要辛憶起掛風鈴的人，當風起時。

門鈴響了，她想該不會是湯臨時改變主意吧？當壽星推開半掩的門進來時，先將視線投落地毯上的她，臉上牽動微窘尷尬的笑，她納悶，眼睛一眨，清楚見著跟在他後頭的是個女孩，憑著女性特有的直覺，她當下明白他們的關係了。她就是那個叫凌郁的現任女友，她即刻了然今晚她確實是唯一的「外」賓。咬著的蛋糕竟然韌澀起來，辛忙著為凌郁張羅滷味、蛋糕和酒，她用餘光全掃瞄在眼裡，心裡是打翻的一瓶酒，看不到顏色，卻感覺到它的濕辣。

當辛舉杯邀酒時，她抓起馬克杯飲盡半杯玫瑰紅露，她是不信酒能醉人這話的，因為沒醉過；此刻卻又希望它是真的，她詩書琴樂的仰躺天地裡，唯獨缺欠能清醒人的茶與醺醉人的酒，她的生活一向如此，不清也不濁，更多的時候是帶點渾噩。

青春原是高濃度的酒精，情火一燃，即成熊熊烈焰，她何苦灼傷自己？

「壽星，開禮物吧！」她的對立因誰而來？有必要嗎？釋放自己吧！當著凌郁的面，她坦然的遞上禮物，把無所謂與快樂加到聲音去，就像她是他苦樂與共的多年老友。

辛笑著接捧禮物，猜著：「是不是風鈴？」

「不說，你拆就知道了！」對辛來說，她的心思像一頁打開的書本，而唯獨他能讀懂她的字？她又是一驚，不置可否的漫應著，原來，他全看到她心裡去了，她真有欲泣的感覺。

「哇！好漂亮喔！」他從盒子裏拉出風鈴，一串紫羅蘭似的輕淺憂鬱懸晃半空，引得在場聲聲讚歎與愛羨。

「嗯，真好看，我正需要它，好喜歡，謝謝妳！」辛就是這樣，不知是不懂拒絕，還是真心喜悅，讓妳覺得他喜歡的不只是妳精選的禮物，更是妳那份細緻的心意，被肯定的心喜同時，她留心到一對眼睛搜尋著他們，她知道那是凌郁。

聽湯說，有一次凌郁來電找辛，接電話的排骨突然天外飛來一筆的反問：「妳是芹芹嗎？」

天曉得她從未找過辛！

而對許多事的第一個感覺常是沒感覺的唐唐，在凌郁來電找辛之前，一次，竟雀躍的跳到她面前嚷道：「芹芹，上帝對我還不薄，讓我在這半朽腐的現實裡竟發現到一張美得近乎不真實的畫——芹芹呀妳自然不拘的侃侃談說著，眼中流轉的是戀愛中的女孩才有的眸光，一身輕俏的水藍削袖熱褲，叫人走進夏天般活脫自在；而坐妳旁的辛，則那麼溫雅的傾聽著、微笑著、點頭著、揚眉著，像熙和宜人的秋天。多美的組合，少一個妳或他都是嚴重的殘缺，完成不了這幅叫人不忍把眼光移開的畫，這雕刻也似的藝術品竟感動得我頻頻回顧。」

原來，那次畢旅，澎湖、墾丁、花東之旅，彎蜒險仄的蘇花公路上，前座的唐唐不時回頭瞧他們，就為滿足心中所受的感動？彼時，她為何一點也不悟知她和辛的隨興漫聊，竟騷動唐唐的感覺？而是不是所有美麗與不美麗的相遇冥冥中早已安排？她和辛迎視而來，避不及的必須碰個肩、擦個身，混淆一下對方原有的面目，才繼續他們揹扛行囊且遙遙無定的旅程？

那次電話裡，「芹芹」兩字已供在凌郁心裡，今天，衝著她叫「芹芹」，她就難逃她銳利的透視？凌郁欠缺的不就是芹芹身上那股靈動與活現？無疑的，在凌郁現在與未來的閨友名單上絕不可能出現「芹芹」兩字了。

凌郁把兩腳平放貼床，頭與背靠著牆，她一下又回到斗室的現實來，她，芹芹，還沒醉，卻寧可永無清醒日。

風鈴的線，纏住了，糾結成團，她站起身來，不太穩的一步跨去，蹲屈地毯，幫忙鬆開纏結，風鈴的頂端辛提著，是否：一個結，一段纏綿？她在為他解結還是繫結？她茫然了，清楚的是，此刻她就傍在辛身旁，比床上那女孩還要近，她反倒希望這些結永遠解不開。

此情此景不是永恒，卻有永恒的企圖，所以令人有步步為營之窘。

那晚，阿包載她回來，她暈茫茫的告別斗室，巍巍搖搖的，心痛的感覺又來了，能嘔吐多好，會舒服些，雖然心不干胃腸。玫瑰紅露的作用力來了，沉睡前的呢喃她寫畫在枕上：「為什麼能要的往往不想要，想要的往往不能要，那一些憾呀！回來吧！讓他是他，我是我，回到自己的軌道上來吧！」熱鬧總會過去的，如何在平靜中不失去自己祇有自求多福了。

次日晚，她撥電話給湯，第二次按那七個數字，湯不在，未留姓名她即掛了電話。不一會兒光景，湯熟悉的機車聲傳了來，她也剛從公共電話亭掛下給湯的電話一路走回，所以在租房一樓門口會到湯。

「發生什麼事？一回去，房東說有一女孩來電，我想一定是妳，街上路燈亮度不夠，又連闖了好幾個紅燈，急死我了！」湯的神情帶倉皇之色，頭上毛髮破風迎浪而來，明顯的往後仰躺，他微喘著，來不及下車就這麼跨坐機車問著，她從沒看他如此慌張過。

「沒呀！畢旅出遊的相片，想拿給你，如此而已，哪有什麼急事？」她說得輕鬆，像全不干己，趕路真只湯一人的事？其實，她只想看看湯他是否恢復罷了，任何劇烈的事物都會把她帶到淚的邊緣，像湯對她？她對辛？

＊　＊　＊

車子滑進集集鎮，一下顯得空曠起來。

「密宗是佛教的一支，強調的是輪迴觀念。」他們提到宗教，這是辛對密宗有限的認識。湯最近也翻佛書，她曾對湯說過：每早輕唸楞嚴經、心經、大悲咒、十小咒，讓她心情能漸趨平穩，不像早先直想將心情丟棄般的不堪，能控制情緒的人，是多麼幸福呀！而對她來說老是可望不可及。她知道凌郁是基督徒，卻也心念佛學，這是後來他們一夥人去爬玉山，凌郁自己告訴她的，難怪第一次長聊時，辛對她手腕上的小串佛珠感到驚訝，原來，對辛來說，也只不過是因為熟悉罷了。

她偏過頭去看辛，辛很用心的在搜集字眼使密宗有著更圓滿的詮釋，他側著臉，那側臉叫人看得心慌，她不得不又掉到已蒙塵的回憶裡⋯

那次從有著水簾的咖啡屋回來，她滿心等待，把心開成一簇的素心蘭，等待飲香者的再次突訪。素心蘭之所以可愛，是因為有人愛它。而幾天過去了，門扉虛掩卻見素心蘭辭枝一地的凋萎，難道那一夜的回憶真要用上一生？她又是焦灼、又是難平，在公共電話亭舉起話筒，按了七個數字，給湯，第一次。

湯一直是她貼在生活走的忠誠朋友，她散髮的凌亂或日常的失序，盡可不加遮掩的全現他眼，和在辛前的沒有形狀是不同的，湯真是她的中性好友，卻嚴格的在會叫她動顫的情感線之外。

對著話筒她只丟下一句：「心情爛透了！」

旋即，她被載到他們那群合租的人堆裡，她藉著擁擠來溫暖自己？一反常態的少語，是向辛抗議？阿包把腿股靠著桌沿歪立著，她坐在地毯上背靠床墊，仰頭看更覺阿包一七七的個子更高。

阿包握起桌上的瓷瓶孩氣叫道：「好漂亮喔！這要給我的嗎？」

這是她上次答應阿包的，她淡淡的笑著，不作答，阿包不放過的再問：「是不是要給我的？」

她點點頭，仍不語。

而辛當時就站在阿包和她之間，身朝阿包，沒聽見她應有的輕快應答，把頭偏成四十五度向她，用餘光求證答案，就在那一秒，那清峻稜利的側邊臉刻削著無比的撼力雕進她心版，她早知被擄了，只是這次更深了。

再視辛一回，清秀依在，只是沒有表情的冷，像不認識她，當一切都沒發生，她痛哪，把雙唇抿得更緊。

「排骨，我想聽『那首歌』。」她乞援似的開口了，想散掉心中那團抑。

「妳是不是要聽那首『要將一個人忘掉是那麼的困難』那首？」辛接口道。

她知道他跳坐到背後的床上去了，他們向來不習慣記歌名，卻自有辦法溝通。

「…一對大學情侶相戀多年，後來男孩出國讀書，女的在臺灣苦苦等他回來，好不容易，盼到那專情男孩回國門了，卻在搭機前一天出車禍死了，女的傷心不過，寫下了這首歌…」。

這個故事是她在咖啡屋聽來的，是辛告訴她愛的故事中的一支，當時聽得她微微顫。此時，辛從耳後拋來的話，仍叫她一驚，回過頭給他盛開的一笑，辛在咖啡屋慣有的表情又回來了，爍閃且迷離，而她卻不敢將眼光多做停留，只因辛的眼睛對她來說是個萬劫不復的陷阱，她怏怏的把臉回過來，既然沒有克制本事，逃避總會吧！

「…曾經有個男孩帶我走進感情的虛幻，那綺麗的色彩濃得化不開，當我夢中醒來，回到現實世界的無奈，亮麗轉為平淡，卻留下淡然…」排骨放著歌，女歌者細碎的情感唱得委婉淒清，她聽得心都快泣了，這麼近，就在她背後，和萬里又有什麼不同？離開吧！等歌者憑弔完這永無結局的衷曲時…

「叩！叩！」探頭進來的竟是凌郁，辛被喚了出去，那一秒，她血脈賁張，辛前腳出，她後腳跳了起來，嚷著要回去，更深的後悔是走得太慢，應該讓辛目送她走，讓他覺得不夠，而她就為貪戀那支歌而結結實實的先挨了一棍，今晚來這兒做「告別式」？

阿包他們苦留她，她不再堅持，人留了下來，心卻像被抽掉般，空心。

再次被喚去那兒玩拱豬，電話是辛撥的，聲音像他人般吸引，新置的電話沒想到第一通竟是辛打來的，而她已是重新的一個人了，經過縫補的，她慶幸自己的跳拔，去掉「在乎」，也就沒有「束縛」了，明朗鮮活的本性一下又顯現無遺，翠的老公曾形容她是「鮮蝦一隻，活跳跳」，她乍聽覺得比喻不雅，再思，其實適切不過。

玩牌的激刺，笑語喧闐，她真的為自己不再逗留徘徊辛的窗前而高興，那是十足的自在與解放呀，猶如蚌蟹卸下背上的重殼感覺輕便的俐落，她找回自己本來的面目，她應是昂然跨步在洋洋灑灑陽光下的。

心，登時像一座噴泉，在陽光下湧溢著七彩的水珠兒。

整晚，辛手氣背，背的人就得洗牌，她笑他做「洗牌王子」，辛聽了，笑睨著眼壓低聲警告她說：「嗯，『洗牌王子』待會兒會變成『打人王子』喔！」

戰到午夜，有人疲憊喊停，排骨收場拍賣叫道：「誰送芹芹回去？」

「我好了！」辛接詞，像小學生搶答老師的有獎徵答。

「就等你這句話！」她捉挾半認真的調侃道。

「唉！真是禍從口出！」他把臉皺擠成團，打了一下自己的右頰。

上了他一三五CC的時髦酷車，不再鬧他，乖乖的坐在後座，任他特有的髮香吹過來。夜，像穿著黑衣，很靜謐詭異的，她捨不得戳穿它。快回到租處，辛打破了沉默：「聽湯說妳最近心情不好？」

她想到會進一步識得辛，是因湯的關係，湯代表班上邀約畢旅，適巧她是班代，於是有了淺識。湯回去開心的告訴辛等死黨：「走，帶你們去認識一個有趣的女孩！」

記得第一次和那群死黨見面，湯如是介紹辛：「他叫辛爾騏。」

「辛爾騏，嗯——很好聽的名字。」她像老友般爽朗的招呼辛，而辛則燦爛禮貌的笑著，隔著一個地下室兩公尺寬的天窗，他們看了平生的第一眼。當時，他給她的印象也不過是春天裡的一枝翠柳，尋常而無異處，萬沒料想幾個月之後，她竟會以他為整座春天，人的因緣際會，從何說起？她真的道不得，運命的棋子是誰下的？

車停在公寓前，她靦腆的望著眼前這個叫自己心旌動搖的男孩，如果再高個七、八公分，難說不是個危險人物，感謝上蒼，好處沒全放在一個人身上。對於他關心的問題，她竟支吾不知如何回答，他不放過的再追問：「說出來，妳會好過些的。」

他很聰明，把問題丟給了她，而她如何為自己抓不住的浮沉做個適切的說解與交代？「喜歡上不該喜歡的男孩，因為那男孩已有女友？」這種話她是說不出口的。

夜是黑的，而他眉宇清雋，唇邊泛著期待的微笑，她搖搖頭，一道解不得的謎。

「其實，週末那晚妳到我們那兒，我就覺得妳怪怪的，但人多，不方便問。」

她轟然一驚，原來，他的表情是放在別人看不到的心裡，她以為咖啡屋那晚如舟行水，已了無痕跡，沒想輕輕淺淺，仍是有的，她低下頭玩著他給她的乾燥花——他不需要那麼多。

「你女朋友會不會常向你發洩情緒？」她好不容易擠出一句話，像擠一條快用完早變形的牙膏。

「會呀！」他提高尾音，像要取得她的相信。

「那你會不會覺得煩？」她再問，她不希望惹他煩。

「不會呀？」他簡明的說著，而她幾乎是妒嫉了。

「我也很希望聽聽妳說心裡的話，我很樂意。」他誠懇的接著說。

她訝住了，她該如何啟口，她支吾不出，更不敢看他，似乎所有的心事全被洞悉，她不曉得該把視線擱哪兒。

他看不過去：「看你這樣，我心裡也是挺難過的！」

她真的被感動了，臭女生，她罵自己，那麼容易滿足。

「聽到你這麼說，我已經很高興了。」她說，比他更多的誠懇與無悔。

「真的？」他比她還意外，眼裡盡是詫意的光芒。

那一秒，他們彼此都浸潤在感動的光輝裡。

靜默了會，他又接道：「剛打電話給妳前，和一要好朋友通過電話，他說我女朋友——妳看過的那個（他每次都這麼稱她），想跟我分手，因為她覺得我對她不好，給她的時間太少，不常陪她。」

那女孩，她在辛的生日上見過，相貌是鄰家女孩般尋常，不同於辛的耀眼，而她吸引辛的則是獨立的思考與清晰的見解，和辛第一個小鳥依人的依附型女友不同，這樣的女孩對辛來說是較省事的。而對現在的女友，他們都沒敢多提，兩點之間不就以直線為最短距離？即使是一根細銀針扎到都會痛，何況是放到喉間。她不相信他對女友提出分手的事是不大喜也不大悲的沒什麼感覺，如果真沒什麼得失心，那也未免太反常了，反而駭人。

「能挽救的話儘量挽救，否則一切還要再從零開始，太累！」話一脫齒，她馬上後悔了，為什麼口是心非？為什麼要裝得若無其事的不在乎且大量？有時，她真恨死自己這種裡外矛盾的個性，而她更沒料到他會回扔一句：「就像玩大富翁，『命運』翻到坐牢，一切就得從頭開始。」

兩人的爆笑驚動了天上守夜的星子。

囑他小心騎車，並道晚安再見時，她就知道他和她真的會再——見，她辛苦築起的堤防，又一泥一石的被流沖走了。

一生中，到底有哪些事或情是發生於夢醒的交界處？

下一個夜晚來得疾速，令她有些措手不及。

她影印了篇標題〈偶然〉的短文，看著那些字字句句，無一不讓她想到辛，——正因為不期而遇，更多了一分乍然驚喜；

——正因為不曾刻意經營，便多了一分隨性而至的浪漫；

——正因為不在自己的軌跡之內，便多了分不欲人知又亟欲人知的忐忑；

——大多時候，由於年齡，由於閱歷，由於種種現實的障礙約束，也不過就是小小自我沈醉一番適可而止。讓不屬於自己的，仍然不屬於自己，讓自己按著既定的行程繼續前行，在已經安排好的生活裏過自己的日子。

——做情人，只得一時；做朋友，可得一生。

她念讀著，心痛的感覺又來了。

辛來取，那是午夜十一點的事，他剛從戲院出來，人抖擻精神得很，而她幾日沒睡好而有倦容，他是貓頭鷹，她卻不是夜來香。

「跟妳聊聊好嗎？」溫存迷離的眼是他的利器？他知道她不會拒絕他？從不？

掩門而去時，心血來潮的留下陽臺的燈盞，也不問他上哪兒去，登上後座，任是天涯也相隨的豪情。他戴著黑色無框的擋風眼鏡，無指套的黑皮掌心手套，輕便的夾克迎風吹鼓著，她把臉埋在他鼓脹的衣上，嗅到一股粗獷的青春氣息。

他說，有家名牌服飾找他拍廣告而他婉拒了，她在後頭叫說著可惜，但想想，攝影師與模特兒，前者更適合他不慣受指揮的個性，也就不那麼心疼那機會了。拐進他住的巷弄，她才覺知他帶她回他淨雅的斗室。

屋內陳設簡單但醒眼，一盆釘架牆上的波斯蕨使室內頓生生命流感；床頭掛著一幅米羅的抽象畫，線條簡單色彩鮮麗；橙紅的地毯很生暖意；地毯那端有一排著地的木框櫃，那是他動手釘裝的書架，用來放書和西洋錄音帶；一束乾燥花插在蛋形圓口的彩瓷上，襯得室內淨雅不俗。

當然，她也看到她送他的那長串風鈴，像紫色的夢，掛在他舉頭可見的窗前。

斗室像他：清新、銳利、有品味。

他為她沖了杯咖啡，她怕咖啡的清醒。

「從家裡帶來的，沒加咖啡因的那種」，他為他的咖啡辯白。

是否他，就足夠醉人？

攪著杯中物，他開始淘洗他年少風發的輕狂，一路蹭蹬踢踏揚鞭而來，風痕練就一顆無大喜無大悲的心，而沿路曾拉提他舉步的關愛，在他默默的收受裡，已芻化成他對大地萬籟的堅定信仰；攝影，對他來說像赴一場欲罷不能的約。

她靜靜的聽著，他的眼睛是海，她看到自己在海裡游，不小心，真的會溺死人，而那字字句句和著他特有的音質，像一條河流般細細流入她心湖。她傾聽的神情儼然像個長者，更多的時候是個小小女孩。而被驚喜包裹的小小不安也跟著竄動起來，夜太深？她以為他們還有許多明天要過，她該把所有的眷戀與眩惑編織成一只花冠，留在他觸手可得的床頭。

她起身了，帶點決心。

「送妳回去，——我們走路好嗎？」他也站起來。

「好哇！」她像回答一個頑皮小孩天真的問題，也跟著興味盎然起來。

他習慣在斗室留盞燈，她說他費電，他解釋燈點著，推門而入才有回家的感覺。

沒有「夜」，這個世界該有多寂寞，褪去夾克，他顯得清瘦了，顴骨一路削稜下來，很叫人疼惜，這和後來一次在湯的生日聚會上，三、四人站著閒聊，凸顯她眼裡的唯見辛戴著淺框眼鏡、兩指夾握高腳杯、一抹溫儒的微笑在唇邊，叫人見了不得不掏出心來惜他的清峻又有異。

拐個彎，路的方向是她的終點，可否也是他的？

「最近和湯處得如何？」他偏著臉看著她，銜接另一段空白，對他每一個下一字，她竟捉摸不著了，反常遲鈍得不知他的試探。她頓了頓，不知如何回答，好不容易從厚厚的字典不同的page趕出一群生字似的拼湊：「他人很好。」

他迸地衝笑而出，笑得她亂且慌。

「你笑什麼？」她帶著詢問的味道，更像偷吃盒裡糖的小孩，被媽媽當場逮著的急，她真的不懂他的笑。

「沒什麼！」由他去吧！

是夜美？還是她的心情朦朧？辛的一字一句都化成一顆顆爍閃的星子鑲嵌在夜空，夜半兩點，說是凌晨，離破曉時分尚遙遠；如果是子夜，那這個夜，也未免太深了。

街道巷弄收撿得乾乾淨淨，一點聲息也不存，而一條黑路上，就唯獨兩條活潑的靈魂游移著，每一步都踏進她心深處，那條路長得她嫌短。在他面前她永遠是很好的聽眾，專一、有表情，對於他一串又一串的故事，她永遠不疲，興致永遠像吹脹的帆鼓得滿滿的。

也許因為有他，才讓她覺得她和別的女孩不同吧！

路總會到盡頭，挨近那有燈的地方，他笑她：「妳不也留盞燈，就是那種感覺嘛！」

她笑說都不是的聳聳肩，一付「莫宰羊」的無辜相。

停在門口，辛雙手交抱在胸，習慣性地又拿著側邊臉看她（她幾乎沒看過他的正臉），緩緩、有保留的道別：「晚安」。

是光線太暗？模糊了他的腮幫稜線？稀疏篩落的樹影斑斑的在他臉上堆疊

著，那臉像被歲月鋪洗了去，一下老去許多，可是滄桑佝僂而貧洗的垂暮者？她暗地一驚，他易過妝，她確定。「謝謝你送我回來，路上小心，bye——」說過幾回的揮手，卻從不像這次啟用的如此困難，像她沒有熱度的臺詞。

「是不是要的東西，永遠是長在彼岸的一朵蓮？」

也許，人生追求的，不是快樂也不是悲哀，而是快樂和悲哀中，那匆匆一瞥的愛。她剖開蕉心似的開始日記的第一行字。

* * *

「卡——」進入水里鄉傍山而行的路道狹窄起來，偏巧前頭一輛殯車，上面停放一具棺木，MARCH車裡的四人全笑叫起來：「死排骨！快超車呀！」。

「超不得呀！」握盤的排骨受命卻無法從命的回扔。山路超車危險，MARCH就這麼亦步亦趨刺眼的尾隨那靈車，冰冷的靈車在前，後頭卻是沸騰的愛慾青春，死亡就這麼跨也跨不過的冷橫眼前，多殘忍的諷刺。

「以後我死了要火葬。」辛說，靈車讓紅塵裡的辛想到冰涼的終點？人生的嚴肅主題。

「修練不夠，火葬的剎那靈魂與肉體都劇痛。」她不是故意揭辛的疤，何況無情不似多情苦，她只是補充她所得知的。

對於「死」她是懼畏得近乎過敏，寵溺她二十餘年的父親躺進那僅能容身的長長框盒，就再沒起來過。而辛對於「死」竟能如此輕脫出口，是他太年輕，年輕得足以拒絕「害怕」？而她為什麼事事都怕？從見到辛，她就怕喜歡上他；喜歡上了，又怕緣淺。

那晚，他們一群人又飆車到「中興新村」看雙十煙火去，少了辛，湯載她，辛的缺席是不足為奇的。他常是漠漠煙地裡一隻獨行的狼。煙火竄升沖天，在黑空畫出一記漂亮的符號，亮燦奪目，詭異多彩，還沒來得及讚歎即飛灰煙滅，是不是來得快的東西，去得也急？像場虛渺不真的夢，美，但畢竟只限於夜空。

她哼著歌，坐在高高的圍牆上，讓兩條腿掉到牆外搖晃著，是不是所有生命裡的好時光都像是書裡的插頁，再怎麼讚歎仍是要翻過去的？

她不由得想到辛，竟在眾人前掩面起來。

那晚，她住的地方停水，阿馬載她到他們租處那兒沐洗。

十一點了，還不見辛回來，她納悶，而想不透他的去處，吹晾著髮，樓下的機車人語很快的叫她往窗外探頭，是辛，終於把他等回來了，聲音不止他一人的，再瞧，那個他慣常稱是「妳看過的那女孩」站在一旁，她整個人悚慄住了，血液自腳底往上疾速逆流，冰涼感從坐骨竄升脊背而上，來不及難過，忘了淚怎麼流，只覺眼睛痠了起來；第二個反應即是切掉燈，她不願讓辛知道她在這兒，抓起衣物往袋裡塞，而後挪步坐床沿，一手按著怦跳的胸口喘息，一手胡亂抓理濕淋的髮，等確定他們全上樓回房去了，她以小貓般靜悄迅速的伶俐躡足下樓，湯他們在裡間玩「大富翁」，沒聽到動靜。

她踉踉蹌蹌的晃著，整條路搖動了起來，她像踩在空中，踏不到地，她在旋轉，她還認得辛送她回來的路，那條路此刻是她潰濫的傷口，她是再也不敢也沒勇氣再踩上，而他對她說過的故事，和天上星星一樣擁擠的故事，滴滴點點衝浪而來，她還學不會悲傷，只覺得心像那條說故事的路般，是一張棉紙，一彈即破。

所有過往都是零碎不堪重提的故事，好像發生的一切，都可以歸納成尋常的結局。

她快快循另一條車多的路走，好個殊途同歸，心裡只想笑，大聲的笑，笑醒巷弄裡的入夢者，讓醒者指著她鼻尖笑她的愚。

唐唐說得沒錯，她是拿自己摔自己，只要那叫凌郁的女孩放低姿勢，辛很快會和她同進出，辛不也曾對她提過，凌郁朋友少，他不忍凌郁的孤獨。雖然，唐唐一直是她心中快樂祕密的分享者，然而，唐唐站得更高，清楚情感所注皆是執著，當塵緣未了時，根本是「只緣身在此山中，不識盧山真面目」的當局者迷呀！唐唐對她的提醒，仍不足使她陷在泥沼的一腳拉拔出來。

而此刻，她懂得了——辛約她「爬吉來山」，記得又如何？破裂的瓷再組合，還是會留下痕印。完美本身其實就是一種不完美。

秋天，原來是最容易受傷的記憶，輕輕一咬，就咬出一巴掌血來，而回憶往事，是否就如同經過山中的人家，瑟縮在寒夜裡，從窗外看著裡面溫暖的情景？

今晚，很重的一擊，讓她錯踩失速的油門，急遽地在轉彎前猛力煞車，刮耳的尖銳煞車聲才過，定睛一看，人在懸崖頂、飛瀑上，毫髮未傷，激蕩有餘，驚悸未定。

一次也就夠了。

＊　＊　＊

「齊瓦哥醫生在那種情況下會愛上拉娜那是自然不過的，所以，有些男人的婚外情其實是可以諒解的；愛情的發生，有時是極自然的，不可避免的。」

那次，她坐在漆黑的戲院裡，讓巨大螢幕的聲光人影從她眼前晃過，像不干她的事，但她足足連看兩場，定坐六個小時，還是走不進戲裡去，拉娜悲慘曲折纏綿的愛情，自是她所不能解的，愛得那麼掏肝剖肺千瘡百孔，摧枯拉朽火焰焰的燃燒過的一次，連灰燼都不留，她只把淚留在眼底轉，是不是真的燃燒過、劇烈的、徹痛的就無悔了？不抱憾了？

而後來一次辛來找她時，他說了他的愛情觀，她驚在心裡，這麼說，她也不過是他「極自然的、不可避免的」那一點情愫罷了，她沒走進他的世界，原來辛才悟到——一個聰明人絕不會一本正經的把自己弄成任何性質確定的東西，只有傻瓜才幹這事。

她雙眼迷朦了起來，他跨坐在那流線型機車上，背後的漆黑襯得一角的月更孤寂，她和辛的交會都在有星星的夜晚，像墨，怕是「見光死」？他們該活在暗處？而她卻不如是想，她自信有鮮彩黑色的本能。而這次，夜真的濃黑得可以，沒有任何色彩可以調沖，星星卻凍著了，全部閃著藍色基調。「人生如水，語言如網；以網撈水，撈得只是點點滴滴？」她真的覺得疲倦了，日子像一潭沼澤，她在裡面，浮不起來，也沈不下去。

搓捲著辛送來的修佰里寫的《小王子》（他是她心裡的小王子？），她心裡微顫著，好幾次，她苦心築起的堤防都禁不住他柔輕的洪水一攀即垮，築築垮垮垮垮築築，築的牽扯累功與垮的傾毀快感她都嘗了，只是依舊不能使自己的流向改道，他是汪洋？她是川流？川流必定流向汪洋？她無法抵拒那龐大又疾速的流速，只不過是配合主觀形勢行之？她把水往低處流的不得不，從自己身上推得一乾二淨？其實，她更心虛的透徹到：人活著，也只不過是在編找各種理由與藉口，好讓自己活得更理直氣壯與心安罷了。而她氣恨自己的是，為了一個尚未深交的人，變成了另外一個人似的，完全不可解。

傷口稍癒時，她曾想挺然在辛的面前，重新去認識他，認識他虛的、不是神性的一面，而除了一直退步到自己的空殼裡，儘量減少沙粒揉進眼裡的疼痛外，她竟什麼也做不來，只好將這項心力功課交給時間去處理。

* * *

車子停在玄奘寺前，湯肩掛相機領在前頭走，落她在後頭牽著小韋韋的手與辛同行。拾級而上時，在前頭的湯突地轉過身來瞄準鏡頭，對他們說：「來，來張全家福！」

辛，偏過頭盯看她，唇邊掛著那抹熟悉的微笑，像什麼都不懂，又了然一切；而她，輕輕的牽動嘴角，回給辛一抹恍惚淡然得近乎滄桑的笑：如果有，還是給來世吧！

車子繼續行到日月潭的最深處，夕陽已滾著火輪回家，時髦地為天空替換上一軸墨簾，就像灰濛濃藍的水天交際的盡頭，再也沒有去路。光華島如在鼻尖眼前，很近；霧罩了下來，又遠了，不仔細端詳實在領略不出日潭與月潭深邈蠱惑的神祕美，尋去又來，探探望望，她終於發現它最不易為人覺知且最動人的側影了，她被召喚了去，帶著膜拜的心情。

只要撈起來的尚餘細細碎碎夜的回憶，對此行，她就不會不甘心了。

那個槭楓都千轉不紅的深秋裡，她緊抓著她二十六歲的青春尾巴不放；而辛呢？才開始他二十二歲的衝突。

〈刊載於75年《興大校刊》「中興湖文學獎」小說組第二名〉

心河

……她一直在努力壓抑某種上揚的情緒，
是介於興奮與激越之間的沸止……

「方老師，婦女節前夕妳有沒到市區中興堂聆賞國樂演奏會？」蕭主任停步在方思桌旁問著，方思正埋首成堆習作本批改作業，聞言抬頭皺眉作尋思狀。

「…有…ㄟ…」方思諾諾回應，很不自在，蕭主任處事明快自有一手，但人在口鋒上卻常有咄咄逼人之氣，讓人有不留餘地的威迫感，她不得不提防著。

「在車上，旁座有個男生找妳聊天？」蕭主任趕著問，眼裡閃著光采，帶笑。

「是呀！主任怎麼知道？」方思很是吃驚，人站了起來，黑白分明的眼睜得大大的，益發顯得眼上那對粗眉是帶叛逆的微蹙。

「好不容易，終於讓我問到了，原來是妳！哦，妳糟了，人家找到學校來囉！」

蕭主任把「囉」揚得高高的，看見方思一臉困惑加慌張更是得意，笑出兩顆暴牙。

「人家要和妳做朋友啦！妳覺得怎樣？」蕭主任不忍再捉弄她，為她作答。

黃昏、公車、男生、聊天、對…是有這一幕，那男的問她上哪兒，又說了一堆話，她禮貌的點頭應答，不作補充，只覺眼前此男言語突兀，那些話語該說給熟識的朋友聽，而她與他第一眼尚未熟，她不敢也不想接他的心情。車程到了救她一把，她站起身來急急拉鈴，那男子脫口問道：「妳是學生族？還是上班族？」

「上班族。」她匆匆答，轉身要走。

「在哪兒上班？」那男子不放過，而門已開，司機等下車，那男子仍跟她賴著，全車幾十雙眼光從她背後穿透而來，她感覺到注目的灼熱，司機回頭以眼神請她下車，她左腕在男子的右手中，掙脫不得，倉皇困窘的扔下一句：「在雨濃鄉教小學」才獲得釋放。

她狼狽下車，滿心不願，嫌惡的甩髮而去。

是有這麼個人，而他如何尋得自己？她未曾留下地址與姓名，只扔下「在雨濃鄉教小學」六字，而雨濃鄉有六所小學哩，莫非他一所所去問、去合、去符，像王子找灰姑娘？她走回南瓜時代？

「怎麼樣？咱們這位大小姐！」

「學生還皮呢！要跟他們磨，恐怕無暇他顧。」方思找不到更好的理由，臨機一動把最好的擋箭牌——學生給亮出來。

方思婉拒了蕭主任間接的探詢，卻阻止不了每個放學的午後，羅寧遠陰晴不斷的校門守候。開始，她以為是學生的家長，等著接送孩子，等一群娃兒嘩然散盡，見他仍在不遠的電線桿東張西望，她覺得有異，過去好意詢問，他不太流利的回答：「我要等的就是妳！」

方思歪著頭看他，這才依稀記起有這麼個人，抓著不成記憶的片斷，零碎的拼湊起眼前這麼張早不存印象的輪廓，眼睛狹長，流露著不會傷人的溫和光芒，鼻子高而挺、秀而直，是整張臉最叫人注意的，鼻頭還滲著汗珠，不知是天熱還是緊張的緣故。

「抱歉，我待會學校還有事。」方思的不安很快便調整過來，未等到他的應答轉身即走。

十幾年的育幼院生活，方思早學會如何去料理屬於自己的寂寞與孤獨，包括適當的隔離別人走進自己的內心世界，那是避免被傷害的最佳途徑，他的突然造訪，除了帶給她窘迫外，就是排斥，他那樣只會叫她把自己鎖得更深更牢。

第二天、第三天方思領著學生走出校門，在同樣的時間與地點又見他出現，避開他搜尋注目的眼光，她急急的交代學生靠邊走，即返身而去，連看他一眼都覺得費事似的，她不習慣被當焦點看，從小到大，她一直生活在角落裡，連情感也是，從不奢望也不相信除了自己的體溫，誰能溫暖自己？尤其在一個陌生的男子面前，那注目有一眼望穿的赤裸感。

幾十天過去，羅寧遠晴雨無阻的等候姿勢，成了方思心裡的一座櫥窗，這座櫥窗的顏色從排斥爍閃成好奇，再從好奇熠閃成色澤逐漸加深的習慣色彩，等待——有些恍惚、有些怔忡、有些莫名所以的忐忑。

一天，她終於忍不住了，塗了口紅，穿了件絲質襯衫搭配荷葉滾邊長裙，盛裝了自己一番，鼓起極大的勇氣，心中反覆著背誦好的說詞：「你到底想怎樣？你說嘛，每天陰魂不散似的！」心中的那股氣給她壯了膽，她一步跨到他面前，兩道冷銳的目光逼射而出，因真動了氣，兩頰飛出兩朵紅暈，朱紅的唇做出「你」形，哪知迎視而來的卻是滿眼的溫和，嘴角翹上牽拉，眼底露出深深的笑意，她心中一震，兩道冷銳的目光探不進溫柔的潭有多深，匆匆折回，嘴唇翕翕的嚅動：

「你到底想幹什麼嘛！」聲音是壓抑過後的流瀉，有水的流動黏膩。

「我，我只想請妳吃飯，做…做個朋友。」羅寧遠臉上加進了許多色彩，像站在白花花的陽光底下。

方思拿著餘光看著他，像棄械求和的敗兵，疲累已極的輕吐著：「好吧！」

在搖曳的燈光中，羅寧遠毫不掩飾自己心中的感覺：「弱水三千，我只取一瓢飲，第一次看到妳，我就知道我要的女孩終於出現了，妳就是我手中那唯一的一瓢。」

方思有些吃驚，雙唇微張，這些話太明目張膽了，像五百燭光，叫人雙眼畏光。

她低下頭，把玩著手中高腳杯，心中那股怦然的悸動很快就褪了身：「對不起，我還不知道您的大名。」方思閃著長睫毛避開的問著。

「哦！抱歉，我叫羅寧遠，寧靜以致遠，在報社工作，跑新聞的。」

「就憑著跑新聞的本事，你找到了我？」方思反詰，挑釁的口吻像鋼條般硬。

「我只是不願放棄。」羅寧遠細細的回答，低下頭，垂著眼簾，像犯錯的小孩。

方思倒不知說些什麼好，不過，飯罷仍讓羅寧遠送她回去。

「答應我，讓我每天來看妳。」進屋前，羅寧遠懇求著。

方思望了他一眼，除了謝謝，連再見都未說的轉身即去。

等方思下班，陪她吃飯，是羅寧遠每天最期待也最鄭重的事，他把方思當作一朵奇葩放在手心呵護著寵愛著，風來有他擋，雨來有他遮，對方思投入大把的情愛，甚且把她併到他的人生計畫裡，她是他玫瑰園採花的小公主；是他廚房拿鍋鏟的小婦人。而在方思未完全接納肯定之前，這些全只是列在紙上的藍圖，他要方思自己點頭，不帶一絲任何勉強，他給她全然的自主與自由。

等待的焦灼不安時常煎熬著他，儘管玫瑰多刺，他仍不以為意，只知一寸一寸的為她殫精竭慮的燃燒自己。

在方思心裡，寧遠是十足的好人，「好人」和「情人」有時她倒不會分辨，她習慣他傍晚的出現，習慣坐他的車，習慣讓他帶去吃飯，習慣他為她選購髮飾，習慣她在遇到挫折與困頓時他的及時挺身，習慣他的溫柔。

他對她說，他要給她一個大宇宙，可供停息，摔不破跌不壞的。

而所有的一切對方思來說僅止於習慣，一種無濤無浪的平靜祥和，他給她再大的驚喜，她都可以在最短的時間內咀嚼成淡然的尋常。

「羅寧遠，你這又是為什麼？」常常，她會抬起一雙淒麗的眼問他，羅寧遠當然知道她所指為何。

「不為什麼，只因——我愛。」羅寧遠還是以老話回她，這句話，她聽了不下數百次，她知道只要開口，天上的星星，寧遠都會摘下來鑲在她髮絲。從小父母離異，在她還沒有記憶的稚嫩年幼就把她扔在育幼院，未嚐知家庭的溫馨，跟著一群流鼻涕的娃兒爭搶修女手中的餅乾牛奶，她對父母自私的行徑，唾棄成對成人情感的輕薄怨懟，認為自己的出世完全是父母肉慾下的犧牲品，給終覺得自己有一種沖洗不掉的不潔感，她用薄層的冷傲塗抹一身，像對世俗男女的抗議。

一直到遇到羅寧遠，她對愛情才不再懷著那麼深的恨意，羅寧遠的敦厚體貼逐一剝解她冰霜的冷，她知道他對她無以復加的好，寧遠對她來說就如一盒色彩豐麗的水彩，唯獨缺了她最熱愛的藍色，因此即使擁有更多的色系，她都覺得不夠、不完整，無法讓她抹彩出亮麗的天空。

寧遠則殷殷預期方思可以是一季春天。

「小思，嫁給我好嗎？讓我照顧妳一輩子。」寧遠深情的看著她，兩手抱著她的肩，她感覺到他的手溫。

「再製造一些生命來飽受憂患？」在他黑黑的瞳孔中方思看到自己的影像，很快的又把目光移走，揮揮放在她肩上的手，轉身過去。其實她早知寧遠會提出結婚的要求。

「我們可以不要孩子！」寧遠知道她畏懼的是什麼。

「可是，我不可能如你對我的那般對你好。」方思一直覺得從寧遠身上她得到的是父兄般的疼惜眷顧，愛情的素質當真如此單一清明？

「我不在乎，只要讓我照顧妳，補償妳不快樂的童年，讓妳感覺到人世間沒妳想像的悲苦與無助。」寧遠款款的說著。

「你這是何苦？」方思一下跌入模糊的童年，心中一股抽痛，淌下了淚。在淚中，她讓寧遠戴上了一只鑽戒，〇・五克拉，不大，但她著實感覺到那枚戒的厚實重量。

今天是昨天的延續，明天是今天的循覆，寧遠雖身子一天瘦削一天，方思知道他胃不好，是跑新聞跑出來的，但吹著口哨的時候反倒多了起來，快樂的音符像感冒般傳染方思，方思低眉一笑，想，女孩的一生大致如此，哭的時候有人為妳拭淚，累的時候有寬厚的膛臂可供歇靠，她也不再去質問自己對寧遠的情感到底歸類哪一種。

一直到遇到了天鈞，她才完完全全釐清激情是愛情裡最不可或缺的情愫，那種感覺一旦萌生，對已做的選擇則會升起重重的疑霧。

寧遠若是一首寧靜她心靈的古典樂，那天鈞則是一曲生動活潑、旋律盎然的迴旋曲。遇著他，她感到生命舞躍的律動，透過他牽拉的手，她似乎更婆娑起舞，她歡愉、欣悅，卻同時也矛盾、紛亂。

第一次遇著他是在云涓的生日舞會上，暑假她應云涓之邀到山上別墅度個世外桃源的長假，她不會跳舞，拗不過云涓，自嘲當壁花放唱片，天鈞就那麼眼尖，在香衣鬢影的儷人群瞄見了她，走過來，做了一個絕美的邀舞姿勢，雙眼炯亮有神，她來不及拒絕就被他拉進攢動的人群裡。

她嗅到一股男人特有的專制氣息，叫人違拗不得，這種不帶商量的舉動有點觸怒了她，寧遠是不會對她如此粗獷的，出奇的是這種被拘束規範的感覺很微妙，她微惱的情緒一下就沒皺沒折了，反而感到從未有過的新鮮奔放。

「我是妳同學的表哥，叫姜天鈞，在T大念外文系，現在在國外修電機碩士，轉念電機是為了怕將來泡麵度日，至於文學，則是我的蜜斯佛陀，保養美容用。」

姜天鈞高出方思兩個頭，他的胸膛足夠方思的臉埋進去，方思長睫下的大眼靈活的溜轉著，也不畏懼的仰頭看他，大概是那番廣告詞縱容自己的好奇，原來，他就是云涓常掛嘴上氣宇軒昂的「才子」表哥，才子的本事未識，風流倒先見幾分，方思一句話也沒說，只是拿他看著。

「小女孩，別光只看人，教妳幾個舞步。」姜天鈞果真在簇擁的肩與肩間挪出一個小方塊，一步步的教方思「走起路」來，方思不自主的和著拍子挪起腳步，無視於周圍投過來的眼光，她一直在努力壓抑某種上揚的情緒，是介於興奮與激越之間的沸止。

「呼喚的人和被呼喚的很少能互相答應。」

屋內暈黃的燈透過落地窗慵懶的灑在亮晶晶的草坪上，姜天鈞坐在情人搖船裡，使力讓船身晃動起來，方思喝了點雞尾酒，微醺細品著天鈞說的那句話，那種千尋不遇的慨嘆，一下把她推進一個悵然孤立的落寞裡，惻動她脆弱的隱傷。

「沒有真正的需要，便不會有真正的快樂；如果人人有自己的地平面，無待自可超然有待。」

天鈞沒有察覺方思臉上細微的變化，望著天空的月牙侃侃自語起，這句話真的觸動方思了，寧遠到底是不是她真正需要的？跟他在一起，她有過為之生為之死的感覺嗎？她側著的臉輪廓深淺有致，在月光的浸潤下猶如一尊浮雕，更添幾分輕紗下的神祕美感，她想，她是不是醉了，儘拿些不是問題的問題來紛擾自己。

「死亡是對生命中一切災害的最大補償，所以說人與人的關係都有一個限度，特別是時間的限度，到了那一個限度，便人緣已盡，諸事已了。」

「這不像你說的話。」方思終於開口了，兩眼靈活有神，她一下瞭然，為什麼初次見面他就給她乍熟感，原來是和自己相近隱約可見的憂傷氣質吸引自己，不同的是她把憂傷化成冷傲來武裝自己，天鈞則是以一顆熱切的心、冷靜的眼來觀察萬變不離其宗的有情世界。她喜歡和他交談，在他眼裡她看到了自己最鍾愛的藍色。

「那我應該說怎樣的話？歌頌人生？讚美人生？我想我只不過是隨身攜帶一支放大鏡來看人生這本書罷了。」天鈞看著方思不解的表情，解剖心情的衝動又被推高了。

「此刻的你太不像跳舞的那個男孩了，在舞會時，你把自己的孤獨掩飾得那麼好，到底哪個才是真正的你？」方思畏懼了，天鈞一字一句都跌進她生命深遠處，引起絕大的回聲，他真的太像自己了。

山居的星辰花露都乾淨得清亮，不沾不滯一絲塵埃，因為太淨素，這片好風景反倒叫人微醺。晨曦曙光中，天鈞把她的笑聲串成一只花冠飄灑在山澗溪流，夜闌人靜時，天鈞就像守夜的星子護著她，伴著她，說著許多愛的故事讓她喜讓她悲。

她無端的怨尤逐漸紛落沈澱，輕輕的婉唱成支支愛歌，她的感動早超過快樂兩個字所能道得，「山中無甲子」原來不是美麗的神話。而好幾次，她的快樂每每在瞄到左手無名指的鑽戒時，即快速的冷退成一抹極為淡然且牽強的笑，天鈞全看在眼裡，卻不明究裡。

「方思，如果我是一個港灣，妳這隻飄泊的舟，願不願選擇這個港灣靠岸？」

天鈞終於把問題拋給她了，她凝視著他，流眄顧盼，叫人疼惜到心口，而後緩緩的，她搖搖頭，不再接話，讓眼瞼上的長睫毛垂下來，天鈞就是愛她這付欲語還休的微漾眼神。

「難道妳不珍惜我們的遇合，和那份極其珍貴的感應，我們不正是彼此呼喚的人？」天鈞說得真切，兩手環著方思的肩，搖了起來。

「太遲了，已經來不及了。」方思猛烈的搖頭，把左手伸出去，亮著閃爍的鑽在他眼前。不看他。

「不！那只是裝飾品，只是裝飾品，女孩子誰沒一兩個戒指，是不？方思，告訴我，這只是戴著好玩的，是不？」天鈞不相信，放開了方思的肩，頹然跌坐草上，夜很靜，只聽到兩人急促的呼吸聲，很長的一段時間沉默著。

「告訴我，妳愛他嗎？跟他，妳快樂嗎？」天鈞一個字一個字慢慢的問。

「我——不——知——道，他對我很好。」方思沒敢看他，把臉埋在長髮裡。

「人與人之間，真能夠完全彼此溝通，彼此瞭解嗎？愛和瞭解又是極不同的兩種感覺。愛一個人的時候，不一定瞭解他，瞭解一個人的時候，也不一定愛他，然而，沒有瞭解的愛，算不算愛呢？沒有愛的瞭解，算不算瞭解呢？」方思抬頭望著夜空的繁星，喃喃的說著。

「就是因為我們彼此喜歡又互相瞭解，所以我珍惜，難道——這還不夠？」天鈞不放棄。

「夠了！夠了！第一次看到你，我就知道這是場逃不掉的劫，可是，天鈞，真的太遲了。」方思低下頭看看左手指上的那只鑽戒，聲音快哭了。

「只要妳願意，一切都不遲，去爭取屬於自己的幸福！」

「可是——這樣會傷害到他！」

「如果妳真的嫁給他，傷害的不只他一人，而是三個人，妳連試的勇氣都沒有？」

那個夜好長，長得方思在床上左翻右覆都等不到天亮，天一亮，她就要下山，找寧遠談一談，要對寧遠說的話脹滿在腦中，一刻也不得安寧，怎樣的措辭才能把對他的傷害減低到最低程度？對他說，對你，我只是習慣的依賴，那對你來說是不公平的？還是，你會遇到比我更適合你的好女孩？抑或，坦白的承認，我遇到一個和我能相互感應的男孩，那種契合是你所不能給的？…

一段段的措辭，一遍遍在方思腦中排版，也一則則被推翻，她真的感到兩難了，不忍了，要放棄了，她做不來，而天鈞露著白齒的慣有微笑卻乘隙竄出，「去爭取屬於自己的幸福！」天鈞的話在她耳畔撞擊，想起他，她總不自覺的會牽動自己的嘴角彎成上揚的弧形，他真的是個叫人心悸的男孩，她著實也不願錯過，想到天鈞，她心中就有無比作戰的勇氣。

* * *

已是下班時間，寧遠的屋子仍暗著，她取出鑰匙推門而入，屋內有點凌亂，尤其書桌上散置書冊、筆、紙，垃圾桶一堆揉撕過的信紙，這一向不是寧遠物歸原位的作風，閒著也是閒著，方思整理起桌面。

在鎮尺下看到一份健檢報告，在主訴症狀下寫著「gastric adenocarcinoma胃腺癌」三字，方思驚懼不已，患者是「羅寧遠」三個字，她如雷轟頂，幾乎快站不住腳，整個人癱趴在桌上，在檢驗單下頭有一封未完成的信，是給她的，她拿信的手止不住的顫抖——

我親愛的思：

我不知如何告訴妳這個可怕的消息，雖然我已經強迫自己接受這個殘酷的事實，但更叫我痛楚與千萬不捨的是我無法再陪妳、伴妳、護妳，每每思至此，我心如刀割，要真比死去還痛苦，為了寫成這封信，我已揉掉好多信紙，無從下筆與完成。

以前我常鬧胃痛，一直以為只是起居失調飲食不周所致，這次暑假利用妳上山度假的空檔，我到醫院徹底檢查，沒想到竟是最沒料到也最不願意面對的結果——stomach cancer，醫生說延誤太久，現在只能拖著，我不記得我是怎麼步出醫院的，我想到的只有妳，如果我真的走了，那妳怎麼辦？我不能叫妳守一輩子寡，所以，在幾個輾轉反側的夜裡，我終於決定取消我們的訂婚，那個戒指就算是我送妳的禮物，紀念我們相交一場⋯⋯

方思看到這兒早已淚流滿面，她只不過離開這兒一個多月，怎麼一切就產生如此巨大變化，怎麼會呢？以前不曾細想的，人總要在失去之後才知道自己失去了什麼！寧遠你在哪兒？你現在好嗎？

在嗚咽中，她拉出抽屜取出信紙，以一顆端詳的心仔細落筆——

天鈞：

兩條線若能平行而後相合，是幸；若相交之後又分離，也是命，有相交的一刻也就夠了。

寧遠他比你更需要我，

謝謝你曾經愛過我，

你會是我最初也是最後的宿醉。

方思 敬筆

〈刊載於《小說族》「校園十大第一」77年12月號〉

〈楊明小姐邀稿〉

輯四

迷你

幸福

一名貴婦，喜孜孜的跳下磅秤宣布：「我瘦了兩公斤！」
殊不知，是深愛她的丈夫，背地裡將歸零的指針移至-2。

〈2009年4月11日〉

實話

妻子洗好碗後喊丈夫用餐，對結縭20年的丈夫測試說：

「我不過是盡一個妻子該盡的責任。既然，我們都不是彼此的最愛，就勉強湊合著用吧！」

丈夫看了妻子一眼說：

「妳是我的only one。」

〈2012年1月29日〉

牙

他不喜歡刷牙；卻愛上植牙。
就像他處理自己的每一段婚姻一般。

〈2012年1月29日〉

洗被

他下床時，習慣順手把被一捲，堆床頭，上班去。

她抱著他的被，捧進洗衣機時，觸摸到柔軟被裡溫熱的體溫。

「他還是愛著我的——」她喃喃自語。

〈2012年1月30日〉

曬衣桿

每晚沐浴過後，她習慣順手洗淨貼身衣褲，衣架撐開懸掛後陽臺的晾衣桿上。

緊鄰她房，同層公寓的他，深夜看見前陽臺的那件紅色小三角，每每感覺已和她做了一回愛。

而後，滿足且疲憊的上床睡去。

〈2012年1月30日〉

烹飪課

他提過好些次了，要她上烹飪課去，學點新的菜色回來。
她總回應「好」，「有那麼一天的。」
她卻不曉，外頭他遇到的那個女人，早已報名上課了。

〈2012年1月31日〉

求婚

他請她睜開眼，掌心捧著：金項鍊一條，存款簿一本，印章一枚。

「還有我的人，從今以後，全是妳的。」他繳械投誠的說著。

〈2012年1月31日〉

審稿

副刊編輯：「這篇稿子合用，擇日刊登。」

投稿者覆答：「感謝拙文承蒙青睞，興奮之情勝似中樂透。」

副刊編輯覆答：「對不起，看錯了，這篇不錄用。」

投稿者覆答：「所幸沒買樂透。」

〈2012年2月3日〉

情圈

男子啟口：「如果妳跟別人結婚，我就等妳離婚，再娶妳！妳就會曉得，這世上最愛妳的人，就是我。」

女子問：「你鄉下媽媽肯讓你娶個離過婚的女生為妻？」

男孩篤定的說：「我是我媽最寶貝的兒子，她會答應的。」

女子想想這四年來屈指可數見面次數的反覆拍拖，為了避免傷及無辜，牙一咬，刪剪旁枝末節，白紗一裹，讓男孩挽著手。

踏上紅毯。

〈2017年8月9日〉

失誤

他在網上，不期而遇她的網站版圖，數載後，曲折見了面。

他成了參賞她由無到有，一手打造又閒置之時尚別墅的入幕之賓。

掩門而去時，她玩笑的說著：「我嫁誰，誰發！」

他無以復加，憾恨回她：「我娶錯老婆了！」

〈2019年1月14日〉

再版後記——
說是真時真亦假

打從有記憶以來，睡個安穩的好覺對我而言即是項「高難度的功夫」，原因無他，大概承襲生性緊張的母親懷胎十月胎教之故；雖然，母親有著聊天聊著即睡著的絕好睡功，一旦她醒著，全身神經無不處在上下緊繃，一觸即發的備戰狀態。

因為睡得少又多夢，意識不清的醒著多，自然陷入天馬行空的冥想，許多的假設也因此現出。

對文字初初有概念的啟蒙期，哥從舊書攤抱回《青鳥》、《金銀島》、《乞丐王子》、《讀者文摘》…常是餵養心靈的最佳食物。

對文學探索的復活，是在聯考結束就讀師專，遇到個有「買書狂、看書熱」的林文寶老師，因著他對新書的現身說法，耳濡目染對時下出版的新書學著留心起來。

對文字有著更深一層的沈醉著迷則於插考就讀《中興大學》中文系期間。因為讀了中文系，而愛上中文，轉考外文的念頭因此消滅；中文的文字意境之美，每每於閱讀之際於胸中漸次朗現，並忘情於文字組合排列的樂趣中。

猶記得年紀與我們相若的簡恩定老師的大五《詩經》課，是臺下這群大女孩輕鬆樂意上的。質樸未婚的簡老師對今昔愛情的比照解說，常引得臺下女弟子們意見頻仍，記得一次和老師在課堂上字來句往，老師被糗弄得「外表徬徨，內心竊喜」，只差沒再次拾起他講桌上的大部頭《詩經》扔向我。

忽地，老師停住了，將指間矮短的白色粉筆投扔黑板溝渠，搓揉沾著白粉的雙手，而後，正過身，面對臺下眾多學徒，轉個彎道：「陳玉姑，妳站起來背三首詩經，通過就不用參加這次期末考，還給九十分。」

笑意仍在同學的臉上盪著，大夥兒屏息以待，希冀我能善用平日的「機智巧答」接招拆招，我這會兒可急了，未到考前一週，熟背是奇事！可惜啊！只好心疼的和90分 say bye - bye，白白折損簡師美意。

《詩經》下課，向簡師請教研所之事，他竟說：「政大、師大，不適合妳，妳這人是好奇心重、愛幻想、太重精神、不穩定；臺大、淡江、中央，較適合妳」「妳時常要超越常軌，本身很危險」——這是短短四、五個月的課堂互動，簡師對我這「危險學生」的初識提點，一哂。

1997年換成是我分派老師寫序的作業，真是師生易位啊！

* * *

陳器文老師是大三班導，《文學批評》上得風格獨特粉絲滿堂，〈悲劇與矛盾意志〉單元，器師道：「能在失戀的那天晚上回去寫下自己的顫抖、憤怒、懊悔、挽救、復仇，別人仍看得懂時，這個作品極具可看性」；「即使是亂七八糟的戀愛，也要談它一次」；「愛情都是以悲劇收場，沒有圓滿的愛情」；「《蚊帳裡的女人》：『任何跑掉的魚都是大魚⋯⋯』」。

電話裡，我說：「媽如果把我生聰明些，如今白天教書晚上夜大自可讀得輕鬆些。」

器師在電話那頭回我：「妳貪心，妳已經太聰明，不知惜福」；「我羨慕妳，責任、自由、約束與創作」；「生活裡的文學部分不太多」；「妳是對感覺需求濃厚的人」；「哪種東西容易填飽肚子，找哪種東西去」；「有的人吃飯才會飽；有些人喝酒才能飽，各取所需」；「第一次，從0到1，有0到1的快樂；到10，有到10的快樂。而第二次的經驗呢？有時，從0到1，就有到

1的痛苦；到10，就有到10的痛苦」；「也許你的愛情，永遠不存在」；「妳要活得快樂點漂亮點⋯」

沒想到，藉著班代這職務與器師親近起來，是她將橋搭連我們？抑或我們伸手向她？

2001年懇請器師為再版的小說給力賜序，器師左手忙碌右手交稿，師生情長可見。

＊　＊　＊

76年10月的大五，自知學生時代即將告一段落，於是，打包近20萬字的散文與小說，寄予〈希代書版公司〉發行人朱寶龍先生參酌。10月22日收到〈希代書版〉的覆信，告知：「苦苓是〈希代〉的顧問，他對妳的作品有些建議，請妳與他電話聯繫。」

當時是〈希代〉徵詢苦苓老師約見地點、時間，而後知會我？抑或我致電苦苓老師，討論約見時地？已不復印象，後者的機率應該不高。記憶猶存的是，地點是在臺中火車站前一家咖啡店。

當晚，我與既是國小同事又是夜大同學的美玲依約前往，卻久候未見大師到來。櫃員趨前轉告，始知，苦苓老師因疾缺約，悵然，緣慳一面。

10月26日，苦苓老師隨即寄來手寫信一封——「…你在許多頗動人或深刻的作品中，常會忍不住自己跑出來說話，夾敘夾議，令人深感惋惜。反而某些寫親情的作品，由於真情流露，不須再加詮釋，卻更能打動人，如果大部分作品都能如此，就頗有可觀了…某些時候，我覺得你對文字太講究了些…而若不是我覺得你在創作上仍然大有可為，當不會不憚其繁的來嘮叨，如有言不盡意的地方，希望以後能再見面詳談。在明道文藝和其他刊物上，我一直很留心你的作品…」

讀罷，不禁啞然失笑，苦苓老師信中所指的「你在許多頗動人或深刻的作品中，常會忍不住自己跑出來說話」大半所指的是「愛情」的描繪。這方面，畫地自限的我經驗一向闕如，呈現出來的樣態，就會誤蹈苦苓老師所言的「夾敘夾議」之短而不覺。

夜大知己文容讀信到末行道：「很誠懇的一封信，他很早就在注意妳了…」後一句惹出四座同學的哈笑；前座的蔚芳傳來手寫紙條：「好好珍惜這條路，妳很幸運，有人引導」。

是的，感恩老天爺安排許多貴人與我相遇，在滾滾紅塵的濁世裡。

感謝您——苦苓老師。

＊　＊　＊

《千轉不紅的楓》的催生剪臍，緣於１９９７年臺東東海國中的徐慶東、陳玉齡兩位老師之促邀，徐老師是詩人作家，見我披露報章雜誌的拙作散置，商議家姊玉齡力薦我打包散文與小說參賽《臺東文化中心》主辦的〈作家作品集〉出版。

當年疏於識世，唯捧15篇小說忝評，篇數更勝的散文被私心延擱，一閃神，與散文的出版佳緣即擦肩而過，於今思之，是憾難免。

２００６年，應《東華大學》助理教授須文蔚老師電郵邀納由《臺灣文學館》出版的《２００７臺灣作家作品目錄》，因此名列二千六百餘位作家其中之一，內心深處直有「被看見」的巨大喜樂。

爾後，在《臺灣大學》圖書館的館藏目錄，竟搜尋到《臺東文化中心》與《秀威資訊》兩個版本的《千轉不紅的楓》，驚喜有加；後者，再加選小說一篇成16出版，臺灣最高學府〈臺灣文學研究所〉選書的肯定是對孜矻稿耕者極大的禮讚。

己亥年的今日，選加10則微小說編成輯四「迷你」，《千轉不紅的楓》於是型態更具，長篇中篇短篇迷你篇各自吟哦輪唱，以佳顏樣貌再版閱世，是喜是樂更是美。

人會老，書不老。

寫書的人因物換星移而漸諳人情事理。

而書中的人，汲汲顛簸於成熟路上，永不老去的停格著。

年輕，你我都有過，泰半只一回。

而人生，何處不歡喜，即如因緣巧合而「千轉不紅的楓」，終究鼓唱踏跳著「楓紅之舞」。

〈2019己亥年蒲月　風城・梅竹山莊〉

國家圖書館出版品預行編目

千轉不紅的楓：楓紅之舞 / 陳玉姑著. -- 臺北
市：致出版, 2019.06
面； 公分
ISBN 978-986-97549-7-2(平裝)

863.57 108007724

千轉不紅的楓

——楓紅之舞

作　　者／陳玉姑
出版策劃／致出版
製作銷售／秀威資訊科技股份有限公司
114 台北市內湖區瑞光路76巷69號2樓
電話：+886-2-2796-3638
傳真：+886-2-2796-1377
網路訂購／秀威書店：https://store.showwe.tw
博客來網路書店：http://www.books.com.tw
三民網路書店：http://www.m.sanmin.com.tw
金石堂網路書店：http://www.kingstone.com.tw
讀冊生活：http://www.taaze.tw

出版日期／2019年6月　　**定價**／300元

致 出 版　　**向出版者致敬**